井波律子
井波陵一編

時を乗せて　折々の記

中国文学逍遥1

本の泉社

刊行にあたって

井波律子が遺した文章を「中国文学逍遥」全三冊としてまとめました。

第一冊『時を乗せて　折々の記』　身辺雑記を含む折々のエッセイ

第二冊『汲めど尽きせぬ古典の魅力』　専門分野である中国文学に関する論述やエッセイ

第三冊『楽しく漢詩文を学ぼう』　高校の先生や生徒への講演記録、そして読書案内など

この三冊に収めた文章は新聞・雑誌のコラムや、さまざまな団体・機関に依頼されて執筆したエッセイ、そして未発表作品を含む講演の記録などから成り、すべて生前刊行された単行本には未収録です。

上梓するにいたった経緯については、第三冊所収の「編者あとがき」をご覧ください。

なお、原稿を整えるにあたり、それぞれの文章が書かれた当時の雰囲気を大切にするため、表記の統一やルビの増減は必要最小限にとどめました。

ぜひ、井波律子の視点や言葉に導かれて、「おもしろさを語ること」の醍醐味や、「語ることのおもしろさ」の躍動感を味わっていただきたいと願っております。

編者　井波陵一

編者解題

『時を乗せて　折々の記』

全体を三章に分かち、ほぼ時間順で編成する。
発表媒体や時期など、出典についてはそれぞれの文章末尾に示した。

第Ⅰ章「金沢にて　一九七六～一九九五」

金沢大学教養部に勤めていた時期のエッセイを収めるが、冒頭に「わが原風景」と題して、生まれ故郷である高岡を懐かしむ二篇の文章を、また末尾に「金沢を想う」と題して、離任後に書いた金沢に関する三篇の文章を置く。

第Ⅱ章「京都を活動拠点に　一九九五～二〇〇九」

京都の国際日本文化研究センター（日文研）に勤めていた時期のエッセイを収めるが、冒頭に「懐かしの京都へ」と題して、再び京都で暮らす喜びや驚きを綴った三篇の文章を置く。

第Ⅲ章「花木と親しむ日々　二〇〇九～」

定年後のエッセイを収めるが、冒頭に「定年を迎える」と題して、定年後の過ごし方に関する心構えを述べた四篇の文章を置く。

こうして時間順に編成してみると、エッセイを通じた自分史という趣が生まれていることに気づかされる。ときに類似のテーマが取り上げられたり、同じエピソードが引用されたりするのは、一貫して抱いていた問題意識また愛着の所在を示していよう。井波律子はエッセイ執筆にあたり、つねに必ずどこかに新味を出そうと工夫したが、同じ題材を扱った時もその姿勢が貫かれている。みずからの原点を大切にしつつ、興味の幅を着実に広げながら、もともと到達目標であった「腕のいいライター」として円熟味を増していく姿を実感していただきたい。

ただ、新聞エッセイなどは一回読み切りのスタイルであるため、そのつど説明を加える必要が生じ、書き出しの部分で叙述が重なるところがある。そのため、このたびの原稿整理に際して、原文の味わいを損なうことのないよう、細心の注意を払いながら、ごく一部、手を入れた。また読者の便宜のため、適宜、（　）内に年月を補っている。

なお、本書末尾に「付」として掲載した「わが家の家計簿体験談」は、井波律子の母、井波テルの文章である。これは井波律子の遺品を整理している時にたまたま見つけたものであり、こうした入賞作があること自体、それまでまったく知らなかった。あまりに昔のことなので、井波律子も忘れていたのだろうか。母が遺した貴重な文章であり、また一九六〇年代半ばの親子三人の様子も窺い知れることから、本書に収録することにした。

目次

Ⅰ　金沢にて　一九七六～一九九五

〔わが原風景〕

〔折々の発信から〕

［金沢を想う］

Ⅱ　京都を活動拠点に　一九九五〜二〇〇九

［「空中庭園」に励まされて］

［付］

装幀＝坂口　顯

I 金沢にて　一九七六〜一九九五

［わが原風景］

私のローカリズム

人にはそれぞれ「原風景」とも呼べるものが、あるのではないだろうか。私の原風景はこんなふうだ。あたり一面、真っ白な雪に覆われたなかに、ひとすじの道が通り、緑色のマントを着た小さな女の子が、ひとりトボトボと歩いている。このイメージが疲れたときや、なにか思い迷ったとき、きまって脳裏に浮かんでくる。この私の原風景は、どうやら幼年時代をすごした富山県高岡の地とつながっているらしい。考えてみると、この道は家から小学校に通った道にそっくりだし、それに雪が降ると、私はよく緑色のマントを着ていた。ただ実際、この道を歩いて通学していたときは、たいてい友達といっしょだったけれども、イメージの原風景には、いつも女の子が一人いるだけだ。記憶のなかの風景は無人だというから、そのせいだろうか。

私は富山県高岡で生まれ、昭和二十七（一九五二）年二月、小学校二年生のときに京都に引っ越すまで、まる八年、この地で幼年時代を送った。戦後のドサクサで、大都会はずいぶん大変だったようだが、ほとんど戦災も受けなかった高岡の町には、おだやかな時間が流れていた。四季の変化もくっきりと鮮明であり、おりおりに子供を喜ばせる行事やセレモニーがあり、私を夢中にさせた。

春はなんといっても古城公園の桜だ。高岡はそもそも慶長十四（一六〇九）年、加賀藩の二代目当主だった前田利長が築いた高岡城を中心として作られた城下町である。古城公園はその城跡なのだが、ここの桜はみごとだった。満開のころには、それこそ町中の人がドッと花見に繰り出し、ときには放歌高吟（？）する女の酔っ払いまで現れて、子供の私は仰天したものだ。古城公園の深い濠には、美女の化身の大蛇が住んでいるという言い伝えがあった。その伝説を母から聞いたあと、花見に行って濠端に立つたびに、雪国の長い冬が終わり、いまを盛りと咲き乱れる桜の花影を映す濠の底に、白い蛇身をくねらせるものの姿が見えるような気がして、私は戦慄した。きれいなものは恐いと、そのとき思った。

桜が散り五月になると、お祭りだ。このお祭りは豪華な山車（やま）が何台も町をうねり歩く、たいへん盛大なものである。高岡では祭りのときには､どの家でも必ず「えびす」を作って食べる。「えびす」というのは、寒天に水を加えて煮ながら、醤油と砂糖で味付けし、溶いた卵を散らしたあと、冷やして固めるデザートなのだが、家によって流儀があるため、少しずつ微妙に味がちがう。知り合いや友達の家に行き、さまざまな味の「えびす」を食べ比べるのも、お祭りの楽しみの一つだった。もっとも、どこの家でも作りすぎて、祭りがすんでも多量に「えびす」が残ってしまう。たまたま友達の家に遊びに行き、この残った「えびす」をオヤツにもらって食べ、すごい下痢をしたこともあった。これに懲りて、以来、祭りのあと「えびす」を出されると、「いつ作ったの」と、聞いてから食べることにした。なんとマセた子供だろうと、大人たちの顰蹙をかったことはいうまでもない。当人にとっては必死の防衛策だったのだが。

「えびす」はさておき、お祭りのメインはなんといっても、山車の巡行である。一張羅の振り袖を着せてもらってめかしこみ、大胆にも一人で見物にでかけたときのこと、鳴り物入りでゆるゆる動く山車に見ほれて、つい歩くうち、お家がだんだん遠くなる、ふと気がついてみると、見知らぬ町に来ており、愕然としたこともあった。子供心に焼きついた印象というのは強烈なものである。いまになっても、町中が祝祭気分で沸き立つなかで、ほれぼれと見とれていた、あの高岡の山車にまさるものはないように、私には思われる。京都に引っ越したあと、いくら祇園祭の鉾や山を見ても、あれほどの感動を覚えたことはない。無意識のローカリズムなのだろうか。

高岡の夏は七夕祭りとともに始まる。いまは八月になったが、私の子供のころは七月だった。七夕は仙台が有名だが、高岡の七夕もすばらしく豪華絢爛である。繁華街の商店の軒先には巨大な笹竹が競って立てられ、笹の葉の緑が重なり合って空も見えないほどだ。橋の上に鈴なりになった見物人が見守るなかで、次々にこれを川に流す「七夕流し」のセレモニーも壮観だった。ただ、あまりの見物人の多さで、その重量に耐え切れず橋が落ちるという事故がおこったこともあった。

こうしてたどって見ると、戦争が終わってすぐだったにもかかわらず、やれ花見だ、祭りだ、七夕だと、あのころの高岡にはいつも華やいだムードが漂っていたような気がする。そう思うのは、私が「毎日がお祭り」気分の子供だったからだろうか。それとも、長かった戦争が終わり、解放感に浸る大人たちが、思いきり祝祭気分を盛り上げようとしていたのだろうか。

七夕がすむと海水浴の季節だ。高岡で海水浴と言えば、氷見(ひみ)線の汽車（もちろん蒸気機関車だ）に乗って、雨晴(あまはらし)か島尾に出かけるのが常だった。雨晴は、高岡にゆかりの深い『万葉集』の歌人大伴家持が愛したとても景色のいいところだけれども、もちろん子供だった私は、何も知らなかった。うちではよく島尾の海水浴場に出かけた。日本海とはいえ、夏の島尾の海は波も穏やかで、私はまだ泳げなかったが、ゆらゆらと海水に浸っているだけで、えもいわれず気持がよくて、唇が真っ青になっても海に入っていた。

秋にはさしたるセレモニーはなかった。雪国の秋は冬ごもりの準備で忙しい。庭先に風呂をわかすための薪が山と積み上げられ、「雪近し」という気分にさせられる。

そして冬。近ごろは北陸も雪が少なくなったけれども、あのころはほんとうによく降った。融雪装置などという便利なものはなかったから、降ればドンドン積もるばかり。いつだったか、朝起きると窓の外が薄暗く、顔をくっつけてのぞいて見ると屋根まで積もっているではないか（小さかったから、そう思っただけかも知れない）。こうなると、大人たちは雪かきでたいへんだけど、子供たちは大よろこびだ。竹で作ったスキーをはいて縦横無尽に滑りまくり、また、箱を橇(そり)に見立てて、にわか作りのスロープの上から全速力で滑り下りる。クタクタになるまで雪遊びにふけるあの楽しさは、雪国の子供の特権であろう。

子供のころ八年間をすごした高岡には、こうして春夏秋冬、それぞれの季節にはっきりと差異があり、季節に応じた行事や生活のスタイルがあった。それは、この土地がたぶん冬の長い雪国であるせいだろう。雪の降る季節を軸にして生活様式が規定されるのだ。雪国の人は、雪のない季節を目いっぱいエンジョイしようとする。花見、祭り、七夕、海水浴、冬ごもりの準備、そして雪。人々は暦に印をつけるように、季節の折り目にセレモニーを織り込みながら、雪の季節に向かっていくのだ。めったに雪の降らない京都に引っ越してから、私ははっきりした季節感覚が持てなくなった。そして、いま北陸も雪が少なくなり、同じ北陸の雪国金沢にいても、やはりほとんど季節感覚が持てない。しかし思うに、それは単に雪が降る降らないの問題ではなく、現代の高度に発達した情報社会にあっては、あらゆる地域が均質化されてしまうということなのかも知れない。雪の苦労がないのはいいことなのだろうが、時間も空間も均質化されてしまうのは、なんともつまらない話である。

京都で二十四年すごしたあと、昭和五十一（一九七六）年、私は金沢に赴任した。同じ北陸だから高岡に似ているだろうと思ったのだが、どうもそうではないらしい。どこか気風が微妙にちがうのだ。もっとも、金沢に来た当初、バスのなかでいかにも北陸のおばあさんという感じの人をみかけたりすると、もうとうに亡くなった父方の祖母や叔母たちを思い出し、自分のなかに脈々と流れる北陸の血を、ふと実感したこともあった。私の両親のうち、母方は東京なのだが、父方は代々高岡である。亡父の説によると、うちの先祖は数百年も前、井波町に東本願寺の別院ができたとき、京都からついてきた染め物職人だったという。やがていつの時代か、高岡に移ってからも、わが家系は連綿と染め物業に従事し、京都に引っ越すまで、父もまた染色工場を営んでいた。というわけだから、私のなかを流れる富山県の血の濃さも相当なものなのである。

それはさておき、金沢と高岡ひいては富山県との間に気風のズレがあることを感じながら、それがなんであるか、私は長いことわからなかった。それに気がついたのは、数年前、週に一回、富山大学に出講するようになったときである。富山大学の近くの文房具屋に入って買い物をすると、店主とおぼしき人物がごく自然に、「端数はおまけします」といった。また、ちょうど母の誕生日なのに、買い物に行く時間もなく、たまたま目についた富山大学の近くの洋品店でプレゼント用のブラウスを買った。すると年配の女性店主がアッサリこういった。「千円お引きします」。私は感激した。金沢ではこういうことは絶対ありえない。この「加賀百万石の城下町」では、武家の商法じみたやり方の店が多く、値引きするなどという発想はまったくないのである。なにかのアンケートで、日本でもっとも住みやすいのは富山県だとされているのを見たことがあるが、さもありなんと思ったのだった。

値引きをしてもらったからいうわけではないが、富山の人にはとっつきはわるいけれども、ザックバランで気取らず、ときには辟易するほど親切な人が多い。言葉もややあらっぽいから、叱られているような気がしたりするけれども、ほんとうはとても暖かいのだ。

子供のころの高岡の輝ける祝祭的な記憶と、大人になって見つけた富山県のスピリット。私は自分のなかを流れる富山の血を感じながら、なんだかとてもいい気分になる。まぎれもなくこれは私のローカリズムである。

（日本歴史地名大系「歴史地名通信」34、平凡社、一九九四年七月一四日）

（編者注）エッセイ冒頭に出る「緑のマント」は、毎日新聞夕刊編集部編『私だけのふるさと 作家たちの原風景』（岩波書店、二〇一三年）にも登場している。「思い出すのは雪景色。……学校まで一本道。緑のマントを着てね。ちょっとかっこいいの。洋服屋さんで作ってもらいました」。同書には須飼秀和氏のカラーの挿絵が添えられており、雪の中を歩くマントを着た少女の後ろ姿が描かれている。

高岡——鳳凰と瑞龍に守られて

某経済学者と雑談していたときのこと、ふと「私は高岡出身です」というと、その先生はとたんに目を輝かせ、「高岡はいい。古城公園もすばらしいし、高岡こそ現代のユートピアです」とおっしゃった。生まれ故郷を手放しで絶賛され、私はとても誇らしい気分になった。

昭和二十七（一九五二）年二月、小学校二年の終わりに京都に転居するまで、私は高岡で生まれ育った。父は高岡市内で染色工場を営んでいた。それから半世紀の歳月が流れたが、高岡で暮らした日々のことは今も鮮明に脳裏に焼きついている。とりわけ忘れ難いのは、古城公園の春だ。戦後まもない時期だったにもかかわらず、信じられないくらい大勢の人が花見に繰り出し、それはそれは賑（にぎ）やかだった。

古城公園といえば、昭和二十六年四月、ここで「高岡産業博覧会」が催され、どんな催しがあったのか、もう記憶は定かでないが、同級生と二人で先生から特訓を受け、バレエもどきの踊りを披露したことがある。私の古いアルバムには、フリルのいっぱい付いた白い服を着て、タンバリンをもって踊っている、このときの写真が貼ってある。セピア色がかったこの写真を見ると、いつもわが幼年時代のユートピア、高岡のイメージがまざまざと眼前に蘇ってくる。

周知のとおり、高岡は慶長十四（一六〇九）年、加賀藩の二代藩主前田利長によって築かれた、高岡城を中心に作られた町であり、「高岡」という名称は『詩経』「大雅」の「巻阿」という歌から採られたとされる。ちなみに、『詩経』は紀元前五〇〇年ころ、儒教の祖孔子が編纂した中国最古の詩歌集だが、「大雅」の部分には、周王朝の歴史などをモチーフにした長い歌が収められている。

さて「大雅」に収められた「巻阿」は、通説では、周王朝の第三代天子の成王に捧げられた歌だとされるが、そのなかに次のような一節がある。

鳳皇鳴矣　鳳皇鳴く
于彼高岡　彼の高岡に

この一節こそ「高岡」の名称のルーツであり、高岡市が鳳凰（鳳皇）をシンボルとするゆえんなのである。それにしても二千数百年前に編纂された『詩経』の詩句が、海を隔てた日本の高岡の町に、はるか時を超えて脈々と受け継がれていることを思うと、なんとも感動的というほかない。付言すれば、高岡には前田利長にゆかりの深い、あの壮麗な瑞龍寺もある。高岡はまさに幸運を呼ぶ鳳凰と瑞龍に守られているのだ。

高岡は自然発生的に成立した町ではなく、高岡城を中心とする都市計画にもとづいて作られた町である。高岡城そのものは、築城からわずか六年後の元和元（一六一五）年、一国一城の令により廃城となった。しかし、高岡は自立した産業流通都市として栄えつづけ、高岡城址はこの町に住む人々の「心の城」として存在しつづけた。
この「心の城」は明治以降、種々の文化施設を内包する公園となり、自然と文化が渾然一体となった希有の中心的空間として、高岡を輝かせるようになった。今後、古城公園がさらに豊かな中心的空間として活性化されるとともに、幸運をもたらす鳳凰と瑞龍に守られた高岡の町が、自立した中核都市としてさらなる飛躍を遂げ、文字どおり現代のユートピアとなるよう、祈らずにいられない。

（『富山新聞』二〇〇三年一月一日）

［折々の発信から］

新任教官紹介

生まれは一九四四年二月、富山県高岡の産である。八歳より京都に移り住み、以来、七六年四月金沢大学に赴任するまで、二十数年京都ですごした。

六二年京都大学文学部に入学、教養部のころは多読・乱読に明け暮れし、専攻を決めるさいにも、仏文にしようか、美学にしようかと迷いに迷いぬき、ようやく最後に高校のころからポツポツ読んでいた中国文学の「未知の魅力」に賭けて、専攻することに決めた。以後大学院博士課程を終えるまで、三国・六朝時代の文学を一貫して研究テーマにしてきた。三国・六朝の文学は、四六駢儷体（しろくべんれいたい）とよばれる美文が代表的作風であるが、その難解さ・晦渋さに取り組むことに尽きせぬ興味を感じたのである。二年前の京大文学部助手時代から、やや視野を広げて歴史にも関心を持ち始め、『三国志』の翻訳なども進めている。

また、七六年暮から七七年初頭にかけて三週間、待望の中国旅行をするはこびとなり、長年書物を通じて空想するだけだった中国の風土とじかに接触できることとなった。これをチャンスに、今後は中国の近・現代文学も少しまとめて読み、考えてみたいと思うこのごろである。

（「金沢大学教養部報」一九七七年四月一日）

年上の女(ひと)の美

女も三十代半ばにさしかかると、今までよそごとのように思ってきた「老い」とか「衰え」が、にわかに具体性を帯びて、わが身に感じられるようになる。

鏡の前に座ってつぶさに点検すれば、白髪の一本や二本は難なくみつかるし、まじまじとみつめれば、なにやら目元に小ジワもふえたような……。かくて、ああ情けなや、おぞましや、青春の輝きよ今いずこ、と意気消沈する羽目となる。

そんな時、人生のキャリアを積みかさね、深い内的な美しさをただよわせた年上の女(ひと)を見ると本当にホッとする。「まだまだ大丈夫、これから先十年たち二十年たっても、この女のように若々しく充実していられるのなら、年をとるのも悪くない」と、思えてくるのだ。

きれいだな、と感嘆させられる年上の女に共通するのは、あくまで自然にかつ緊張感をもって、それぞれの年齢を十分に生き切ろうとする心の姿勢であるようだ。いくら厚化粧したって心のシワはかくせないのだから。

（『北國新聞』「女まんだらげ」一九七八年二月一二日）

死者への哀悼ひとすじに

薤露歌（かいろか）　無名子

薤上露　　薤（にら）の上の露は
何易晞　　何ぞ晞（かわ）き易（やす）きや
露晞明朝更復落　　露は晞くも明朝は更に復（ま）た落つ
人死一去何時帰　　人は死して一たび去らば何時（いつ）か帰らん

「薤露歌」は漢代の楽府（がふ）つまり歌謡であり、もともとは王侯貴人の葬儀のさいに歌われた挽歌（ばんか）だとされている。

中国の詩には、人生の有限無常をテーマとしたものが多くあるが、この詩はその始源の一つに数えられる。後世の詩ほど屈折した陰影をもたないかわりにただひとすじに死者への哀悼を歌いあげ、悲痛きわまりない。

にらの葉の上に置かれた露よ。なぜかくも乾きやすいのか。露は乾いてもあすの朝になればまた置くけれども、人は死んでこの世から立ち去ったならば、いつ再び帰って来ることがあろうか。

露よりももっとはかない人間のいのち。私は昨年大切な人を相次いで失ってしまった。春に恩師吉川幸次郎博士、そして晩秋に父を。亡き人の記憶がまざまざとよみがえって来て、埋めようのない深い喪失感にうたれる時、私はこの詩を口ずさみ、その強い悲しみと同化することによって、自らの痛みに耐える。「薤露歌」はそんな私の悲しい好きな詩だといえよう。なお、夏目漱石の小説『薤露行』は、この詩(うた)から題をとったものである。

（『北國新聞』「北国文芸／私の好きな詩」一九八一年四月三〇日）

特性なき心やさしき世代

「現代学生気質」という課題を与えられて、教壇の上からみる印象を、なんとかまとめてみようと思うのだけど、どうもはっきりとしたイメージが浮かんでこない。そこで苦しまぎれに、中間試験のついでに、無記名のアンケートをとってみた。

「大学生活に対する感想は？」に対する回答では、「不満足」「おもしろくない」「たいくつ」「つまらない」が、圧倒的に多い。

「大学の授業に対する感想は？」に対しても、「つまらない」「おもしろくない」「たいくつ」「興味がもてない」が過半数。

「自分はどんな大学生だと思うか」に対しては、「無気力な大学生」「ふつう、平凡、一般的、地味」な大学生だとするものが、ほとんどである。

教壇の上からみる彼らの層としてのイメージは、きわめて「おとなしく」、かなり「受動的」で、感情の起伏に乏しい。私の受けるこうした印象と、ないないづくしのアンケートの結果は、かなり正確に対応しているともいえる。

もっとも経験上、いい若い者が、教壇の上に立つ者に、そうやすやすと本音を吐くとも思えないので、近頃の若い者はと慨嘆する前に、自分が教養の学生だったころのことを、「比較の媒体」として思い出してみることにする。十八、九のころに、「大学の授業に対する感想は？」と聞かれたなら、私もやっぱり、ちょっと斜めに構えて、「興味がもてない」「つまらない」などと、答えたかも知れない。自分の興味の焦点が絞れない時には、何を聞いても気もそぞろで、おもしろくないのは当然なのだから。ただ、自分が「無気力」かつ「ふつう」の学生だと自認することには、激しい抵抗感があったと思う。「ふつう」でありたくない、自分の特性、いいかえれば自分の自分たる鉱脈みたいなものを探りあてたいと、やみくもに始終イライラしていたような気がする。

当節の学生は、もしかしたら存外おとなで、高望みはせず、自分の限界を非常に早くから設定して、それをまるで「運命」のように受けいれ、できるだけ無理をせず、気楽に生きていこうとするのかも知れない。人生に疲れ諦めた老人のように。それはそれで、そんなに悪いことでもないだろう。でも、歯がゆいなあ、もっとキリッとシャンとして、燃焼してほしいなあ、と、いまだに無謀で、イライラとすぐ頭にきて、できもしない高望みを抱いて悪戦苦闘してしまう前世(ぜんせ)の学生としては、思わざるをえないのだ。

都合の悪いことをすぐ社会や時代に責任転嫁するのは、非常によくない傾向だけども、それを承知であえていえば、現代の学生諸氏が、「白け」というよりはもっと度の進んだ、「漂白されきった」ような一種ニルアドミラリ（何ごとにも驚かず動じないこと――編者注）の極のような心理状態にあるのも、この焦点の定まらない、曖昧でとらえどころのない時代状況と大いに関係があるとも思われる。ひとは若い時ほど、外部世界――時代状況と鋭敏に呼応して生きるものだから、ドボンと澱みきったこの状況の中では、何もかもかったるく、何もしない先から疲れてしまい、無力感にとらわれてしまうのだろうか。特性のない大いなる停滞の中では、若い学生も牙をそがれて特性を失わされてしまう。でもやっぱりなんとかしなくっちゃ。元気を出して、自分のいちばんやりたいこと、心を燃やせることを捜さなければ、錆ついて立ち枯れてしまう。

なんとも歯がゆい若者たちではあるが、こんな彼らにも、前世の学生には及びもつかぬいいところもある。それは他人に対する心やさしさである。彼らの多くは、他人を傷つけまいとするやさしさを秘めもっている。これは、けっして自慢するわけではないが、先のアンケートで、「中国語の授業に対する感想は?」とたずねたら、ほとんど「楽しい」「スピードが早いがおもしろい」云々とあり、なんと一人もまっこうからの否定的な発言はしなかった。無記名にもかかわらず、である。これは教師を傷つけまいとする、彼らの大人びたやさしさ以外のなにものでもない。ああ。

いま問題なのは「傘がない」ことだと歌ったのは井上陽水だった。これはまさしく、個的状況にのみ執着する、特性なき心やさしき世代の心的風景を、象徴的に先取りした名文句だといえよう。心やさしきことは、心むごきことに比して、どんなにかすばらしいことである。できうべくんば、そのやさしさを活性化させるエネルギーを獲得されんことを。

(「金沢大学教養部報」一九八三年四月一日)

冬の雷

雷といえば、ふつう真夏のものと相場がきまっている。ところが私の住んでいる金沢では、冬のしかも夜半に鳴り響く。夜もだいぶん更けてきたころ、突然稲妻が走ったかと思うと、耳をつんざくような轟音がとどろく。他の土地から来た者は、これには一種原始的な恐怖を感じさせられるが、土地の人は、これを「ブリおこし」あるいは「雪おこし」と呼びならわしている。冬の雷は、ブリの大漁の予兆であり、雪の前ぶれだというのだ。

日本でも冬に雷が鳴るのは、そうざらにある現象だと思えないが、お隣りの中国となると、これはもう「天変地異」である。中国に「上邪（じょうや）（神さま！）」という古代の民謡がある。その中で恋人同士が変わらぬ愛を誓うにさいし、「冬に雷震震（しんしん）として、夏に雪ふり、天地合（がっ）すれば、乃（すなわ）ち敢えて君と絶たん」と、歌うくだりがある。冬に雷鳴が轟き、夏に雪がふり、天地が一つに合わさる時が来ないかぎり、私はあなたと別れません、というのである。ことほどさように、冬の雷は想像を絶するありうべからざる現象なのだ。金沢ならむろんこんな誓いはまったく意味をなさない。

金沢に住んで十二年、すっかり馴れたとはいえ、それでも冬の雷は恐ろしい。時ならぬ雷鳴が轟く時、私は、高度文明社会で忘れられがちな自然の脅威に気づかされ、自然をなめてはいけないと今更のように思ったりする。また雷が鳴っている。明日も雪だろうか。

（『毎日新聞』夕刊「視点」一九八八年一月五日）

グルメばやり

金沢に近江町（おうみちょう）市場という大きな市場がある。いくつもの路地にわかれて、うねうねと連なる神秘的な構造をもった市場で、魚や野菜が新鮮で比較的安く、金沢の人びとの台所といわれてきた。ところが、グルメばやりのあおりをうけてか、ここにも冷蔵庫つきの大型観光バスで乗りつける「買い物ツアー」の観光客が、このところどっとふえた。グルメばやりも買い物のツアーも、生活にゆとりができた豊かさの反映にはちがいない。しかし、こうも組織化され、均質化されると、なんだかうす気味わるくなってくる。

三世紀末の中国、貴族文化の花咲いた西晋時代に、荀勗（じゅんきょく）という有名なグルメがいた。彼はある時、宮中で食事をしたさい、ふいに「この飯は古い薪（まき）で炊いたにちがいない」といいだした。料理人にたずねてみると、なんと、「実は古い馬車の脚をつかいました」と答えたので、一同、荀勗の味覚の鋭さに脱帽したのだった。これぞまことのグルメである。

二〇世紀末の日本は大衆文化の花盛り、はるか昔の中国の貴族文化とストレートに比較するのは、無理かも知れない。しかし、いずれにせよ食道楽などというものは、もともとごく個人的な趣味なのだから、苟勗のように主体的に感覚や味覚を洗練させていくのが原則だ。ほの暗い市場の路地を、自分の目と舌だけを頼りに、掘り出し物を丹念にさがし歩くこと、そうでなければ買い物の意味もない。

（『毎日新聞』夕刊「視点」一九八八年一月一二日）

若者の中国

私は目下勤務先の大学で中国語を教えている。中国語を受講する学生は、ここ十年あまりじりじりと増え続け、昨年はなんと新入生の半数、八〇〇人余に達した。こんなに増えたのは、今の若者にとって中国が、その気になったら明日にでも、バッグを肩に気軽に出かけられる近い国になったからにちがいない。

最近、春や夏の長期休暇が終わるころ、必ず「中国へ行ってきました」と、楽しそうにいう学生が何人かいる。教室ではろくにニイハオもいえなかったのにと、その度胸のよさに呆れつつ、リーダーを読ませると、びっくりするほど発音がよくなっている場合もある。

彼らは柔軟な感性で気負いなく中国の風土にふれ、言葉、食物、風習などにすぐ馴染む。教室でもそんな話題には実に熱心に聞き入る。しかしその反面、中国の政治問題、日本との関係などにはほとんど反応を示さない。ひょっとしたら、鄧小平(とうしょうへい)も趙紫陽(ちょうしよう)も知らないのではないかと思われるほどだ。あっけらかんとしたもので、いっそ小気味がいいほどだが、でもこれではあの政治の国はわからないと、化石旧人類の私はつい思ってしまう。もっとも、中国でも状況は似たようなもので、いま中国の若者の間で、カタカナのプリントが入ったTシャツが、エキゾチックでお洒落だと、大流行しているとか。あっちもこっちも政治なんて知らないよ、というわけだ。このこだわりなき世代が、相互にどんな関係を築いていくのか、これは見ものでもある。

(『毎日新聞』夕刊「視点」一九八八年一月一九日)

同窓会とは

最近、同窓会の知らせが多い。私もついに二十数年ぶりで中学の同窓会に出席した。人、中年に到れば、来し方を振り返る余裕もでき、さて同窓会でも、ということになるのであろう。その時、旧友の消息を調べるのに、特異な才能と情熱を発揮する名幹事でもいれば、大々的なセレモニーが始まることになる。

私はこれまでできるだけ懐古的になるまいとしてきた。取りもどすすべのない過去の記憶にしがみつくのは、精神の退廃だとも思う。しかし、今度出席してみて、懐古趣味の結晶だと思っていた同窓会には、別の側面があることがわかった。同窓会とは、まるで鏡に自分を映すように、ここに紛れもなく、同じ時間帯をくぐりぬけてきた同世代の人間がいることを、確認する場でもあるのだ。まさしく「年年歳歳　花相似（あいに）たり、歳歳年年　人同じからず」という通り、毎年咲く花は変わらないのに、人は移り変わり、ふと周囲を見まわすと、いつのまにか共通体験のない若い人が増えている。そんな時、中年と化した幼馴染に会うと、肩の力が抜けてほっとする。

もっとも、こんなふうに同世代を意識すること自体、老化現象の兆しかも知れない。先にあげたのは、唐代の詩人劉廷芝（りゅうていし）の「白頭（はくとう）を悲しむ翁（おきな）に代わる」の一聯である。この詩はさらに「此の翁白頭　真に憐れむべし、此れ昔　紅顔美少年」と歌いつぐ。

お互いの老けた顔に紅顔の面影を見いだし慰めあうようになれば、これはもう病い膏肓（こうこう）、老化以外の何物でもない。

（『毎日新聞』夕刊「視点」一九八八年一月二六日）

金沢と水

今年は好天続きで、金沢にもほとんど雪が降らない。例年ならば今ごろは、空は灰色、根雪の上にしんしんと降りつもっているはずだ。雪国の冬の曇天に馴らされた者には、なによりも太陽の光がうれしい。といっても、こんなに雪が少ないと、今度は夏の水不足がそろそろ心配になってくる。よくしたもので、雪は大切な水資源でもあるのだ。

私は金沢に赴任するまで二十数年、ずっと京都に住んでいたが、年々琵琶湖の汚染がひどくなり、夏の臭い水にはまったく閉口した。それにひきかえ金沢の水は、オーバーないい方をすれば、まさに「甘露」である。とりわけ真夏には、ダムの深い所の水が供給されるとかで、炎天のさなか、水道の蛇口をひねると、手の切れるような冷たい水がほとばしる。雪融け水を思わせる清冽さである。この水こそ、雪の中で暗く長い冬をすごす人びとへの、自然からの贈り物なのであろう。

雨や雪が多く、街のそこここに澄んだ用水が流れているなど、飲料水にかぎらず、金沢には水のイメージがつきまとう。泉鏡花の小説に『沼夫人』『眉かくしの霊』など、ひたひたとその幻想世界を一面におおい尽くす水のイメージが、異様に多く見られるのも、彼が金沢生まれであることと関係があると思う。

と、あれこれ考えているうちに、雪が降らないのを喜んでいるのか、それとも雪が降るのを心待ちにしているのか、自分でもわからなくなってきた。私の金沢暮らしもいよいよ板に付いてきたらしい。


（『毎日新聞』夕刊「視点」一九八八年二月二日）

機械音痴のワープロ狂い

私は機械音痴である。車の運転もできない。自転車は得意だけれど。だからボタンが並んだ機械を見ると、自分は間違うのだという先入見に脅かされ、まず理屈ぬきでゾッとする。銀行の自動支払い機も近頃は馴れたが、最初はずいぶんトンチンカンなことをやってしまった。ある時など、キャッシュカードを入れて何度も拒否され、頭にきて、案内係の人にこの機械は壊れていると抗議しながら、ふとカードを見直すと、なんとほかの銀行のものではないか。赤面のいたりであった。

そんな機械音痴のくせにワープロが欲しくなり、一年ほど前奮発して購入した。やり始めるとこんな面白い玩具（おもちゃ）はない。ワープロは操作を誤っても、人身事故を起こすこともなければ機械が爆発することもない。かくて心おきなく間違いつつ打ちまくり、急にメカに強くなったような自己陶酔に浸りながら、当初は、文字通り寝食を忘れて熱中した。ワープロを打っていると時間は恐ろしいほど早くたち、人と話をするのも億劫になる。黙々とテレビゲームに興じる子供と同じだ。こういった類いの機械は、なるほど自閉的人間を生み出す道理だとつくづく感じ入った。

呆れかえるような熱狂の時間が過ぎると、私のワープロ狂いも沈静化の方向にむかい、今は時折手紙や試験問題を打つ程度になった。この原稿も旧態依然として手書きである。思考回路が機械に馴染まないのか、手書きしないとどうも具合がわるい。やっぱり修正不能の機械音痴なのだろうか。


（『毎日新聞』夕刊「視点」一九八八年二月九日）

放擲の美学

昨年末、双羽黒はあっさりと横綱の座を棒に振ったし、江川卓もさばさばと引退していった。そうした彼らの動向をマスコミは熱っぽく報道し、彼らは現役時代よりはるかにマスコミの寵児になったようにさえ見える。

こうした現象は、一元的な立身出世型上昇志向が急速に薄れ、価値の多様性が求められるようになった社会風潮に、見合うものといえる。花形の地位放擲（ほうてき）も一種の美学とみなされ、世間から物わかりよく認知されるわけだ。

隠者の伝統のある中国では、古来、放擲の美学にもとづき出処進退を決定した人物は少なくない。たとえば四世紀初め、張翰（ちょうかん）という人物は都の洛陽（らくよう）で役人をしていたが、秋風が吹くとともに、故郷江南の菰菜（まこも）のスープと鱸魚（すずき）の膾（なます）が恋しくなり、即日職務を放擲して帰郷してしまったという。彼は「我をして身後の名有（あ）らしむるは、即時一盃の酒に如（し）かず」、つまり死後の名声よりも今一杯の酒の方がいいと、公言して憚（はばか）らない徹底した快楽主義者でもあった。しかし、張翰が生きたのは明日の命が保障されない乱世であり、事実、こうして身を退いたことにより命拾いするなど、その放擲の美学にもやむにやまれぬ必然性があった。現在見られるショーのような社会現象としてのそれとは、似て非なるものである。

努力また努力の出世志向は願い下げにしたいが、さりとて安直な放擲志向も虫が好かない。放擲の美学が、仕事の現場における緊張に耐えられない脆さの隠れ蓑になっては、先輩の張翰も泣くだろう。

（『毎日新聞』夕刊「視点」一九八八年二月一六日）

健気な風景

毎週一回、私は富山の大学に非常勤に出かける。用事が重なり神経的に疲れた時など、ほんの四、五十分汽車に乗りぼんやり景色を眺めているうち、小旅行をしている気分になって、ふと解放感に浸ったりする。昼ごろ富山に着き二つ授業をすませると、帰りは金沢まで、夕方五時すぎの名古屋行きの特急「しらさぎ」か、大阪行きの特急「雷鳥」に乗る。これらの汽車の自由席は、いつも日帰り出張の戻りのビジネスマンでいっぱいである。

これらの人びとの大半は判で押したように、駅の売店で一本カンビールかワンカップの酒を買って乗りこんでくる。乗るが早いか、連れのない人の多くは、喜々としてビールや酒の蓋をパチンと開け、ぐいぐい飲みほして陶然とし、やがて寝こんでしまう。いかにも一日の緊張がふいに弛緩したという体(てい)である。

日帰り出張のハードなビジネスに疲れた人びとにとって、こうして味わうビールや酒は、想像を絶する解放感と快楽をもたらすものらしい。俗塵を嫌って隠遁した陶淵明(とうえんめい)は、「中觴(ちゅうしょう)遥かなる情を縦(ほし)いままにし、彼の千載の憂いを忘れん」(「斜川(しゃせん)に遊ぶ」)、酒盛りのうちに浮世を離れ、荷いきれぬほどの悩みを忘れよう、と歌った。俗塵の中をかいくぐって生きる現代のビジネスマンは、一本のカンビールでその日の憂いを忘れようとする。なんとつつましくも健気なことか。

車中のそんな風景を、やはり少し疲れた私は、ビールは飲まずスルメだけ食べて見ている。これまた更につつましき代償行為ではある。


（『毎日新聞』夕刊「視点」一九八八年二月二三日）

路地の雪

一月の末から金沢にも雪が降り出した。といっても近頃は、地下水を利用する消雪装置という便利なものがあって、主要道路や大きな建物に設置され、降り出すと同時にどんどん融かしてしまう。街中に住む私などは、いつもこの恩恵を蒙り、積雪三十センチに達したというニュースを聞いても、もう一つピンとこない。晴れ間があればアスファルトは乾き、長靴もほとんどいらないのだから。

ところが、一歩路地に入るとがらりと様相が一変する。大通りから雪の消えたある日、浅野川の畔にある金沢の古い花柳界、主計町（かずえまち）のあたりを歩いてみた。ふと路地を曲がった瞬間、仰天する。せまい道の両側に、びっしりと雪が積まれているのだ。軒先が触れあうほど建てこんだ家並み、ひっそりと雪ごもる路地。まるで記憶の中の風景のようにおぼろで、泉鏡花の小説のヒロインが、今にも蛇目(じゃのめ)の傘をさし白い襟足を見せて、すっと出て来そうな気がする。まさに古きよき金沢。

だけど考えてみれば、三十センチ程度の積雪でこんな具合なのだから、大雪の時はきっと大変だ。積もった雪は固い上に重く、やっと取り除いても今度は捨て場がない。どこに雪を置くかでトラブルも起こる。

見ている分には路地の雪はロマンティックだが、住む身になれば深刻な現実問題だ。消雪装置を付けて融かしてしまうに越したことはない。

などと散文的なことを考えながら、雪道を歩いていると、滑って転んでしまった。やっぱり現実はきびしい。

（『毎日新聞』夕刊「視点」一九八八年三月一日）

地獄の沙汰も金次第

先ごろ新聞紙上で、独り暮らしの六十二歳の男の人が、自宅で栄養失調で死んでいるのが見つかったという記事を読んだ。なんと、家具もなく汚れた室内には、新聞紙に包まれた現金一千万円と、三千万円分の預金通帳が無造作に置かれていたという。まさに宝の持ち腐れである。この人は、以前、親類に裏切られお金を持ち逃げされてから人間不信に陥り、吝嗇（りんしょく）に徹して貯金にはげみ、何十年もパンと漬け物だけで暮らしてきたらしい。

　人は概ね何か――仕事、お金、子供など――に固着して生きていくものだから、この人の場合もお金に埋まりながら餓死したところで当人は至って満足だったのかも知れない。ただ現象として見るかぎり、こうした度はずれの吝嗇は、実は豪勢な浪費による贅沢と表裏一体をなす。ケチもムダ使いも、要は「地獄の沙汰も金次第」という、拝金主義的風潮の産物にほかならないのだから。近頃はやりの海外旅行やグルメブーム等々の贅沢志向と、一見それとは対照的に見える吝嗇の果ての餓死も、元を正せば出所は一つである。

　中国三、四世紀の転形期である西晋時代も、拝金主義的傾向の強い時期だった。贅沢と吝嗇は各々行く所まで行き、一日の食費に一万銭も投じる何曾（かそう）という度し難い食道楽（グルメ）がいるかと思えば、甥に結婚祝いとして着物を贈ったがどうにも惜しくなり、後から代金を請求した王戎（おうじゅう）という有名なケチもいた。こうして見ると、極端な拝金主義は、人びとが未来への希望を持ちえず、奥深い不安に脅かされる転形期に出現するといえそうだ。

（『毎日新聞』夕刊「視点」一九八八年三月八日）

当世学生気質

入試のシーズンである。先ごろ二次試験の監督をやったが、緊張しきった受験生の顔を見ていると、それだけで胸苦しくなってくる。

これが首尾よく大学生になると、入試の時の緊張感もどこへやら、大いに様変わりする。最近、期末試験のさい、所定の時間に遅れたり欠席したりして、後から青い顔をしてヌーっとあらわれ、いろいろ理由を並べて追試験を受けたいと言う学生が、けっこう多い。

そんな時、私はふつう深く追究せず、希望通り追試をする。なぜなら追試をしてもしなくても同じようなもので、ほとんどの場合問題にならないほど出来が悪いのだから。察するところ、彼らの多くは勉強が思うようにはかどらず、もたもたするうち時間が過ぎ、つい遅刻したり休んだりしてしまうらしい。

あらゆる錯誤行為――度忘れ、しぞこない等――には、無意識の特殊な動機があるとするフロイトの説はやっぱり正しいと、頭を抱えて受けずもがなの追試を受けている学生を見ながら、いつも思う。試験の時間に間に合わないのは、本当にアクシデントが起こった場合を除いて、大体は無意識のうちに試験を受けたくないと思っているからだ。にもかかわらず彼らはそれを押して追試を希望し、合否の最終決定を教師に委ねようとする。こうした臆病な受動性は、入試続きのあげく、選ばれる存在であることに馴らされてしまった所から来るのかも知れない。ならば追試などすべきでなかったと、私は毎度後悔するのである。

（『毎日新聞』夕刊「視点」一九八八年三月一五日）

女・今昔

このところ必要があって、『晋書（しんじょ）』（晋＝三世紀中頃―五世紀初め）という歴史書を読んでいる。個人別の伝記を集めた列伝体で書かれ、全部で百三十巻ある。このうち女性の伝記は、皇后の伝記「后妃伝」二巻と、すぐれた女性の伝記「列女伝」一巻、計三巻のみ。まさに多勢に無勢、寥々（りょうりょう）たるありさまだ。

さらに腹立たしいのは、伝記の記述によく「子なし」とあり、子供がないかと思いきや、後から娘の話が出てきたりすることである。娘は勘定に入らないのだ。家系図にも女の名前など出てきたためしがない。そこで私としては自分で系図を作る時、判明するかぎり、ひそかに女性の名前を加えて悦に入ったりする。

公的世界ではほとんど問題にされなかったとはいえ、昔の女性も私的位相では案外に強権を有していたのではないかと、考えられるふしもある。『世説新語（せせつしんご）』という逸話集に見える、西晋の名臣王戎の妻の例がそうだ。

彼女はいつも夫をアンタと呼び、失礼だと夫に注意されるや、早口でまくしたてた。「アンタに親しみアンタを愛するから、アンタをアンタと呼ぶのです。私がアンタをアンタと呼ばないで、誰がアンタをアンタと呼ぶの」

そんな話を思い浮かべ機嫌よくバスに乗っていると、目の前に立っていた雲つくような男子学生が、横にいる肩までもない小さな可愛い女子学生に、ふいにうやうやしく「先輩、先輩」と呼びかけ、小さな「先輩」の方もそれに応じてふんぞりかえった。後生畏（おそ）るべし。


（『毎日新聞』夕刊「視点」一九八八年三月二二日）

美学と現実

七年余り前（一九八〇年）に死んだ父は、典型的な明治の男だった。父のことを思う時、いつも和服を着て端然と座っているイメージが浮かんでくる。そんな人だったから、むろん生涯を通じて家事などやったことがなく、釘一本打ったこともなかった。まさしく「君子は器ならず（立派な男は技術的なことにはたずさわらない）」（『論語』為政篇）である。

そんな父を見て育ったせいか、かいがいしく立ち働く家庭的な男性は、美学としてどうも感心しない。世帯染みて格好悪いと思う。しかし共働きが普通の今、現実問題として、忙しい最中に夫がただ端然と座っていたりすれば、怒らない奥さんはいないだろう。おまけに最近は、おたがいの勤め先の関係で単身赴任というよりは別住――別居というと語弊があるから――というか、夫婦が別々の土地で暮らすケースも増えている。私の同僚にもかなりそんなケースがあるが、家事の電化が進んだせいもあってか、彼らの多くは手際よく家事万端をこなし、さほど不自由も感じないらしい。美学はさておき、やはりこれはいい傾向である。男の自立がない限り女の自立もなく、「別住」なんて成り立たないのだから。

実は、私の亭主も京都に「別住」し、小学校で習った家庭科の知識が一番役に立つなどと、妙に実感のこもった感想を洩らしつつ、なんとか自立している。もっとも私自身は母と同居しているので、家事は自然頼りがちになり、完全自立とはいいがたいのだけれども。

（『毎日新聞』夕刊「視点」一九八八年三月二九日）

同時代を生きる

評論家の川本三郎さんは、私と同じ一九四四年の生まれである。川本さんの本を初めて読んだのは、一九七七年のことだ。金沢大学に勤めて二年目だった私は、初夏のある日、大学生協の書籍部で『同時代を生きる「気分」』という本を見かけた。川本三郎という名を見るのは初めてだったが、タイトルの「気分」という言葉にピンとくるものがあり、反射的に買った。これは実にすばらしい本だった。おまけに著者は私と同世代ではないか。以来、私は新刊本が出るのを待ちかねて、川本さんの本を読みつづけた。そのうち川本さんはドンドン有名になり、やっぱり私の「選球眼」はちょっとしたもんだと、私は自画自賛した。

やがて私もポツポツ中国文学関係の本を出すようになり、一昨年（一九九二年）、『中国のグロテスク・リアリズム』という本を書いたとき、川本さんの著書『大正幻影』から引用させていただき、お送りしたところ、思いがけずとてもおもしろがって下さった。なにしろ私は、自他ともに許す川本三郎の積年の愛読者である。こんなにうれしいことはなかった。

これが縁となり、昨年の春には、さる雑誌の書評対談でお会いすることもできた。『同時代を生きる「気分」』を「発見」してから十六年の歳月が流れていた。初対面なのに、おたがいちょっと老けた幼なじみに再会したような、とても懐かしい気がした。
同じ時間帯にいきあわせた者の、共生感覚というべきであろうか。今は『夢の日だまり』『今ひとたびの戦後日本映画』等々、川本さんが次々に出される文学や映画をテーマとした素敵な本をいただける身となり、セッセと「感想文」を書き送っては、いつも私もがんばらなくてはと、文字どおり「鼓舞」される。長年ひそかにエールを送り続けてきた同世代の著者と、こんなふうに現実でめぐりあえるなんて、ほんとうに「人生はときどき美しい」というほかない。

（『日本経済新聞』「交遊抄」一九九四年九月一九日）

（編者注）『今ひとたびの戦後日本映画』が文庫化された際、井波律子は「解説」を書いている。その文章は『書物の愉しみ　井波律子書評集』（岩波書店、二〇一九年）にも収められた。

水の文化

今年の夏は猛暑に加えて雨が降らず、水不足に悩まされた地方が多かった。また、昨今、ミネラルウォーターへの関心が高まり、ボトル入りの「名水」を買う人の姿もよく見かける。なにかと水をめぐる話題が多いこのごろだが、実は、中国では古くから、水は文化のバロメーターであり、水の味を飲み分けられる才能の持ち主は、高い評価を受けてきた。

春秋時代に、二つの川の水の味を飲み分けた易牙（えきが）という名料理人がいたとされるが、本格的に水への関心が高まるのは、やはりずっと後代の十世紀以降、宋代になってからだと思われる。唐は酒の文化、宋は茶の文化というけれども、宋以降の水への関心の高まりは、飲茶の普及と関わっているのだろう。水がよくないと、おいしくお茶は飲めないのだから。

宋代の大文学者王安石（おうあんせき）（一〇二一～一〇八六）と蘇東坡（そとうば）（一〇三六～一一〇一）の二人を主人公とした「王安石みたび蘇学士を難ずること」という短篇小説がある。ここに、蘇東坡が王安石から、瞿塘江（くとうこう）の「中流」の水を汲んでくるよう依頼されたのに、手ちがいがおこったため、やむなく「下流」の水を汲んでいったところ、それで茶をいれた王安石にアッサリ看破されたというくだりがある。驚く蘇東坡に王安石はこう説明した。上流は流れが急だから、その水をわかして茶をいれると味が濃くなり、下流は流れが緩いから、茶の味が淡（うす）くなる。中流の流れは緩急なかばしているから、茶の味も濃淡ほどよくなるのだ、と。

同じ川でも、場所によって水の味が変わるというのだから、ずいぶんと水文化も高度になっているのがわかる。以来、明から清へと時代が下るとともに、鋭敏な感覚の持ち主に鍛えられて、中国の水文化はさらに繊細になっていった。ちなみに水の味の名鑑定者には下戸が多い。酒飲みは舌が荒れていてダメなのだ。
さて、現代日本の水文化の行方はいかがなものであろうか。まずは、ダムの水が干上がらないよう手を打つほうが、先決かも知れない。

（『産経新聞』夕刊「強風弱風」一九九四年一〇月五日）

父と犬

十四年前に亡くなった父は犬が好きで、犬も実によく父になついた。昔風の紳士だった父がステッキをつきながら道を行くと、気配を察した近所の犬が出て来て、仰向けに寝転がったりした。犬が仰向けになるのは絶対的な信頼感の表現である。父がステッキの先でちょっとつつくと、寝転んだ犬がうれしげに笑った、ように見え、仰天したこともある。

そんな父だったから、家にもずっと代々、犬がいた。私が小学生だったころから約十年間いたのは、大きな牡のシェパードで、コニーという名前だった。この犬は頭脳明晰とはいえず、ときどき発作的に放浪癖をおこして家を飛び出すことがあった。人に危害を加えるようなことはないのだが、なにしろ図体がデカイため、家中で血眼になって捜索しなければならない。ようやくみつけて連れもどすと、恐縮して大きな体をちぢめ、哀れな顔付きをしている。こんな困った性癖の反面、この大きなコニーには凄い特技があった。歌をうたうのである。私の吹くハーモニカに合わせて口をすぼめ、目を細くしてうっとり歌っていた（うなっていた）、あの姿は忘れられない。

歌うコニーが病没したあと、家に来たのは小さな牝の柴犬だった。名前はやはりコニーだ。これは先代とは対照的に、おそろしく頭がよかった。ただ一つ厄介なのは、自分を人間だと思っていることだった。このコニーは長命で、私が高校二年生のときから十三年半もいたのだが、いつしか私のことを自分よりも年下だと思うようになった。いつもは父に連れられて得意満面で散歩に出かけるのだが、たまに私が連れて出て、父とちがうコースを行こうものなら、「アンタはわかっていない」というふうにジロリと私を睨み、テコでも動かない。要は父を絶対的に崇拝しているのだ。

いまも父は、歌う大きなコニーと利発で生意気な小さなコニーを従えて、ステッキをつきながら散歩しているかもしれない。そう思うと、私はふっと心がなごむのだ。

（『産経新聞』夕刊「強風弱風」一九九四年一〇月一二日）

画のなかへ

幸田露伴に『観画談』という幻想的な短篇小説がある。とある山寺に宿を借りた旅行者が、大雨の降る夜、壁にかけられた画軸をながめているうち、画のなかの世界に引き込まれそうになる話である。

明の画家仇英（きゅうえい）に似た作風のその画には、大江にのぞんだ繁華な都のさまが克明に描かれていた。町の中心から郊外に移るにつれ、だんだんひなびた景色となり、渡し舟の老船頭が人々に早く乗れと呼びかける姿が点描される。その姿に見入っていると、船頭が大きな口をあけて「オーイッ」と呼びかけ、思わず「今行くよーっ」と返事しそうになる。その瞬間、さっと冷たい風が吹き込み、旅行者はハッと我にかえった。

中国にも、やはりこのように画のなかに入る話があり、たしかに読んだ記憶はあるのだが、それが何であったか、なかなか思い出せない。壁画の龍に瞳を入れたとたん、その龍が雲に乗って昇天したという有名な「画龍点睛（がりょうてんせい）」の話は、画のなかのものが外へ飛び出すのだから、『観画談』とは方向が逆だ。

そんなわけで、長いこと気になっていたところ、最近たまたま清代の怪異短篇小説集『聊斎志異』を読んでいるうち、お目当ての作品にバッタリ出くわした。それは「画壁」という作品だった。朱という人物が、ある寺院に参拝に行ったときのこと、壁画に描かれていたお下げ髪の美少女に心を奪われ、フラフラと画のなかの世界に入り込んでしまった。そこで朱は、少女と楽しい時間をすごし、大人になった少女は、お下げ髪を高々と結いあげ、艶麗な女人に変貌した。やがて朱は、現実世界に回帰したが、見ると、壁画の美少女はお下げ髪ではなく、髪を高々と結いあげているではないか。少女とのことは、夢ではなかったのだ。

この「画壁」の話が、『観画談』にヒントを与えたかどうかはわからない。いずれにせよ、画のなかに広がる異次元の世界は、夢かうつつか、人にありうるかも知れない別の生への夢想を、かきたててやまないのである。

（『産経新聞』夕刊「強風弱風」一九九四年一〇月一九日）

モードの変遷

最近、ラッパのように裾の広がったベルボトムのジーンズに、花魁のコッポリみたいな靴をはいて、町を闊歩する若い女性の姿がふえた。デパートの靴売り場もコッポリ靴のラッシュだ。ベルボトムにコッポリ靴というのは、言わずと知れた七〇年代のモードである。やっぱり流行は周期的に繰り返すものらしい。

かく申す私も、実は七〇年代の後半までこのモードを大いに愛用していた。ところが、いつのころからかベルボトムのジーンズもコッポリ靴も店頭からかき消すようになくなり、いくら捜してもみつからなくなった。そこで一大決心をして、ズボンの先がすぼまりもせず広がりもしない、もっとも平凡なストレート型のジーンズに転向し、それとともに靴もペタンコ型に変えた。これなら流行に左右されずにすむと思ったのである。

なにしろヒールが十センチもあろうかというコッポリ型からペタンコ型に変えたものだから、当初は、目線が急に下がり、歩いていても地を這っているような感じがした。おまけに一八〇センチはゆうに超える大きな男子学生と立ち話をするときなど、小柄な私はずっと仰向かねばならず、首の筋がちがいそうになったりした。

しかし慣れてくると、ストレートのジーンズにペタンコ靴ほど楽なものはなく、以来、現在に至るまで十数年の間、このスタイルで通してきた。

ただ数年前から、私の愛用する某メーカーのやや細みのストレート（昔はもっとも平凡な型だった）は、体格のいい最近の若い女性の体型に合わないとかで、「オールド・ファッション」と呼ばれて、専門店に注文しないと手に入らなくなり、とうとう今年、製造中止になってしまった。流行に左右されずにすむと思った私の見通しは甘かったのだ。

今さらベルボトムとコッポリ靴にもどるわけにもいかず（そんなことをしたら、たちまち捻挫してしまうにちがいない）、いったいこれから何を着たらいいのか、まったく途方に暮れてしまうのである。


（『産経新聞』夕刊「強風弱風」一九九四年一〇月二六日）

ミステリ趣味

先日マイクル・ディブディン著『消えゆく光』というミステリを読んだ。老人ホームが舞台で、アガサ・クリスティの作品の名探偵マープルおばさんを思わせる老女が登場するのだが、彼女が正気なのかそれとも妄想癖にとらわれているのか、最後までわからない仕掛けだ。明晰で探偵らしいマープルおばさんとは対照的で、ミステリもポスト・モダンの段階に入ったのかと、妙に感心してしまった。

考えてみると、私のミステリ遍歴もずいぶん長い。最初はまだ小学生のころ、ミステリというより探偵小説と呼ぶほうがぴったりのものを、貸本屋で借りては読みふけった。なかでも好きだったのは『紅ばら令嬢』という作品だった。作者は江戸川乱歩。掌に紅ばらのアザが浮き出てくると怪盗に変身する美少女の話である。これがなんともスリリングで好きでたまらず、何度も何度も読んだ。きっと幼いころから変身願望が強かったのだろう。

これが皮切りとなって、現在に至るまで浴びるようにミステリを読みつづけてきた。ミステリも千差万別だが、私はどちらかというと、現実に密着したストーリーよりも、思いきりゴージャスな現実離れのした話が好きだ。そのほうが、時として急膨張する「この世の外ならどこへでも」という、私の現実逃避願望にマッチするからかもしれない。ちなみに私の専攻する中国文学では、古今を通じて裁判説話は多いが、本格ミステリと呼べる作品はない。なんとも残念なことである。

残念といえば、ミステリ趣味のせいで大失敗したこともある。六〇年代の末、ほぼ同時期に江戸川乱歩全集と東洋学の泰斗（たいと）、内藤湖南（こなん）の全集が刊行された。まだ学生で資金が乏しかった私は、悩んだあげく乱歩全集を買うことにした。必要なのは湖南全集であることはわかりきっていたのに。それから二十数年、湖南全集は品切れのまま手に入らない。図書館に湖南全集を借りにゆくたび、私は自分の愚かさを呪う羽目になったのだった。

（『産経新聞』夕刊「強風弱風」一九九四年一一月二日）

帽子好きの弁

どういうものか私は帽子が大好きで、デパートの帽子売り場を通りかかったりすると、いつも二つ三つ手にとって、かぶってみないではいられない。幸か不幸か、現在の私の住まいはデパートのすぐ近くにあるため、通勤の行き帰りには必ずデパートの中をつっきり、帽子売り場の前を通ることになる。

というわけで、あれやこれや買い込み、いつのまにやら、かなりの数になってしまった。帽子というものは、まれにうんと値の張るものもあるけれども、だいたいは手ごろな値段だから、つい衝動買いしてしまうのである。ただ、いくらたくさんあっても、かぶりやすい帽子は数えるほどしかなく、けっきょく同じ帽子をボロボロになるまで、かぶることになるのがオチなのだけれども。

母の話では、子供のころ外出するというと、まず「アッポ（シャッポという意味らしい）」と叫び、帽子をかぶせてくれといったというから、私の帽子好きもそうとう年季が入っていることになる。私が幼年期を送った戦争直後は物資が不足していて、帽子くらいしか自由に買えなかったので、いろいろ帽子をかぶせているうち、ヤミツキになったのだろうと、母はいう。そういえば子供のころの写真でも、私はいつも帽子をかぶっている。

なぜこんなに帽子に執着するのか、つらつら考えてみるに、私にとって帽子は、いつしか「外出のための儀式」を構成する道具になったのではないかと、思われるふしがある。ある喜劇役者が舞台に上がる前に、鼻筋に一本、真っ白な線を描くと、その瞬間から別の人格になり、舞台でどんなアチャラカも平然とやり通せるようになるという話を聞いたことがある。私が帽子をかぶりたがるのも、たぶんこの喜劇役者の鼻筋の白い線と同様、外の世界に出て行くにあたり、心に弾みをつけるための儀式の一種なのかも知れない。

などと理屈をつけながら、今日も私は帽子売り場に吸い寄せられ、また新しい帽子を買ってしまった。


（『産経新聞』夕刊「強風弱風」一九九四年一一月九日）

ウォークマン

私の勤める金沢大学教養部は、昨年までお城の中にあった。いうまでもなく加賀藩の金沢城跡である。石川門などを除き、往時をしのばせる建造物は何もないが、鬱蒼（うっそう）とそびえたつ樹齢何百年もの老樹、苔むした石積みの城壁などが至るところに散在している。

大学のキャンパスだから過剰な手入れはなされず、いかにも城跡らしく全体にうっすらと荒廃の気配が漂っているところが、またなんともよかった。春はことにすばらしく、冬の間、枯れたようになっていた老桜が、枝も折れんばかりに真っ白な花をたわわに咲かせる姿は、まことに妖しくも美しく、見るたびに胸さわぐ思いがした。

お城のまわりには深い堀がめぐらされ、いろいろな魚がいた。堀の側を通りかかったとき、ふいにバシャッと水音がして巨大な魚が空中に躍りあがるのを、目撃したこともある。きっと堀の主だったのだろう。

この城内のキャンパスは町の中心部にあってＪＲの駅からも近く、徒歩や自転車で通学する学生が多かった。ところが、昨年夏に移転したはるか郊外のキャンパスは、駅からバスで三十分以上かかり、長い坂道もあるため、徒歩や自転車で通うのは至難の業になった。雪の降る冬場はもちろんだめだ。必然的に大学行きのバスは混み、交通渋滞に巻き込まれたら目も当てられない。

私ものんびりした徒歩からバス通勤に切り替えざるをえなくなったのだが、気がついてみると、バスに乗る学生の多くがウォークマンを聞いている。思いあたるふしがあり、私も真似をしてウォークマンを聞くことにした。なるほどこうすれば、イライラ防止になり疲れずにすむ。近頃のウォークマンは性能がいいから、はた迷惑になることもない。

老桜の妖艶美に胸さわいだ城内から、ウォークマンの郊外キャンパスへ。なんともわびしい転換ではないか。ちなみに私が澄ました顔で聞いているのは、大好きな六〇年代末のアメリカン・ロックなのだけれども。

（『産経新聞』夕刊「強風弱風」一九九四年一一月一六日）

分身の話

昔、「そっくりさん」というテレビ番組があった。ここに登場する俳優や歌手の「そっくりさん」には、本物の生きうつしの人も多く、ドッペルゲンゲル（分身）を見ているような、うす気味のわるさを感じたりした。

中国の古典小説にも、こうした「そっくりさん」をテーマにした話がいくつかある。その古い例としてあげられるのは、唐代伝奇小説の「離魂記（りこんき）」（陳玄祐（ちんげんゆう）作）である。

倩娘（せんじょう）という美少女は、従兄の王宙（おうちゅう）と相思相愛の仲であり、倩娘の父も当初は二人を結婚させるつもりでいた。しかし、王宙よりはるかに条件のいい青年から求婚されると、倩娘の父はたちまち気が変わり、承諾してしまう。

倩娘はふさぎこみ、傷心の王宙は遠くへ旅立って行った。二人の恋はこれまでと思いきや、事態は意外な方向に転換する。倩娘が王宙のあとを追い、彼らは手に手をとって駆け落ちすることになったのである。五年の歳月が流れ、王宙夫妻は二人の子までもうけた。やがて倩娘は音信不通のままの父母との再会を願い、王宙は彼女を連れて故郷にもどった。

　許しを乞うため、一足さきに倩娘の父母のもとに赴いた王宙は、そこで驚くべき話を聞かされる。なんと倩娘はずっと実家にいて、病床に伏したままだというのだ。そのとき、王宙の声を耳にした病床の倩娘は、うれしげに立ち上がり、すっと外へ出て行って、向こうからやって来たもう一人の倩娘を出迎え、二人の倩娘はみるみるうちに合体した。この五年間、王宙とともに暮らした倩娘は、肉体から遊離した彼女の魂だったのだ。

　恋する少女の執念を描くこの分身の物語は、元代の戯曲「倩女離魂（せんじょりこん）」をはじめ、後世の戯曲や小説に大きな影響を与えた。この世のどこかにもう一人の自分がいて、思いのままに生きているかも知れない。等身大の世界を越えて広がる、こうした人間の永遠の幻想を、この「離魂記」という古い分身物語は、くっきりと映し出しているのである。

（『産経新聞』夕刊「強風弱風」一九九四年一一月三〇日）

幻の昔町

このごろちょっと郊外に出ると、どこの土地でも、まったく変わりのない風景に出会うようになった。林立するマンション、コンビニエンスストア、自動車販売店、給油所……。東京も京都も仙台も金沢も、そっくり同じで、見ているうちに、どこにいるかわからなくなってしまう。ひどく無機的で、その土地ならではの独特の匂いや表情がないのだ。

私は、小学校二年から六年まで（昭和二十年代後半から三十年代初めにかけて）、京都西陣の古い繁華街にある千本界隈に住んでいた。当時全盛だった日本映画の封切り館が軒をならべ、大映や松竹や東映の映画撮影所があった太秦（うずまさ）もわりに近いため、住民に映画関係の人も多かった。文字どおりの昔町で、八百屋、魚屋、漬物屋、豆腐屋、卵屋（卵焼きも売っていた）、和菓子屋、電気屋、理髪店、銭湯などが立ちならび、雑然とした生活の匂いが、あたり一面にたちこめていた。少し西へ行くと、北野天満宮があり、毎月二十五日に市が立ち、それはもうたいへんな賑わいだった。

中学生になってから、賀茂川の上流の方に引っ越した。ここは静かな住宅地だったが、商店街から遠く、むろん映画館など一軒もなかった。下町の喧噪に揉まれて育った私は、すっかり気落ちしてしまい、以来、西陣千本のあの町は、私の幻の町となったのだった。

私の母は、東京の下町本所の生まれであり、毎日のように吾妻橋を渡って浅草へ出かけたとか、母の生家の前に毎月縁日が立ち、アセチレンガスの匂いをかぎながら、露店の古本屋の前で足がしびれるほどしゃがみこんでいたとかいう話を、私は幼いころから繰り返し聞かされてきた。関東大震災の前、今は幻となった東京の下町風景である。私の下町、昔町好きは、どうやら母からの遺伝らしい。

いつかもう一度、母の幻の下町本所と、私の幻の下町西陣千本とが、ピッタリ合致するような昔町に住んでみたい。どこかにまだそんな懐かしい町が残っていればの話だが。

（『産経新聞』夕刊「強風弱風」一九九四年一二月七日）

大学教養部の同窓会

先日京都で、大学の同窓会があった。一九六二年、私が京大文学部に入学したころは（今でも大差はないだろうが）、学部の専門課程に進むまえに、まず教養部で二年間、第一外国語によって分けられたクラスに所属することになっていた。第一外国語がフランス語だった私は、Ｌ４（文学部四組）

に属した。くだんの同窓会は、このＬ４のものだったのである。

半年ほど前、突然、長い間音信不通だったＬ４時代の旧友から電話があった。三十年ぶりにＬ４の同窓会をやろうという話だった。遠い記憶の底を揺り動かされ、一も二もなく賛成したが、本当に実現するだろうかと、実のところ半信半疑であった。しかし、電話してきた彼は、仕事のあいまを縫い、つてをたどって、ほぼ完璧に同級生の住所を調べあげ、ついに三十年ぶりの同窓会を実現させた。

当日、早めについた私は、会場の旅館の向かいにある喫茶店で、コーヒーを飲みながらしばらく時間つぶしをした。見るともなく窓の外をながめていると、一人また一人と、ある共通の雰囲気をもった中年のオジサンが会場に入って行く。外見はすっかり変わっているけれど、歩き方や後姿から、すぐ誰だかわかる。なんともいえない懐かしさがこみあげてきて、あわてて会場に行くと、もう二十人ほど集まっている。全メンバーの半数に近く、三十年ぶりの同窓会にしては上々そのものだ。

それからはたいへんな騒ぎであった。誰もがアラレもない大声をはりあげ、けたたましく笑い、三十年の空白が嘘のようだった。みんなそれぞれの分野でしっかり生きているにもかかわらず、昔キョトンと純情だった者は、今もその雰囲気が残っており、いやにキザだった者は、やっぱり今もキザっぽく、基本的に誰も変わっていない。

直観的にそう悟った瞬間、出席者全員、天にも昇る心地になってしまったのだ。二十歳前後、まだ専門別に分化されない時期に出会った友人こそ、本当に得難いものだと今さらのように思ったことだった。

(原題「同窓会」。『産経新聞』夕刊「強風弱風」一九九四年一二月一四日)

遙かなる大地

先日、中国の傑出した現代作家の一人、史鉄生(してっせい)の『遙かなる大地』という小説を読んだ。一九五一年生まれの史鉄生は、一九六六年から十年つづいた文化大革命の時代に青春期を送った作家であり、同世代の中国映画界の旗手、陳凱歌(チェンカイコー)が監督した映画『人生は琴の絃のように』の原作者として知られる。

史鉄生は文化大革命のさなかの一九六九年から約三年間、陝西省北部の貧しい農村に下放(シアファン)(都市の知識人や学生が農村や辺境に行き定住すること)した。『遙かなる大地』は、このときの体験をもとにした作品である。北京の名門校、清華大学付属中学に在籍していた十八歳の彼は、同級生とともに、えんえんと汽車に揺られ、てくてくと歩きつづけて、黄河支流ぞいの貧しい村にたどりつく。そこには都会生活者が夢想だにできない、古代と変わらぬ生活を続ける人々の姿があった。

彼らは黄土の崖にほられた窰洞（ヤオトン）と呼ばれる洞窟に住み、きびしい気候とたたかいながら作物を育て、山に入り柴を刈り、生計を立てていた。史鉄生と友人たちは、カルチャーショックをうけて戸惑いながら、しだいに村の人々に馴染み、「黄色い大地」と、まともに向き合う生活にとけこんでゆく。

こういうふうに要約すると、いかにもステロタイプの農村小説のようだが、けっしてそうではない。ここには、さまざまな個性をもつ村人たちの生きかたや、彼らが巻き起こす珍無類の事件の数々、さらにまた、男女半々だった下放学生の青春の証のような淡い恋が、深い慈しみときわめて上質のユーモアをもって、実にいきいきと描かれている。

文革の時期を扱った小説やドキュメントには、臆面もなく被害者の立場に立って書かれたものが多い。そんななかで、この『遥かなる大地』は、先にあげた陳凱歌の自伝『私の紅衛兵時代』とともに、文革の季節に真に青春を賭けた人々の、かけがえのない証言となっており、読む者の胸をうたずにはおかない。

（『産経新聞』夕刊「強風弱風」一九九四年一二月二一日）

ザ・バンド

ザ・バンドという私の大好きなアメリカン・ロックのバンドがある。このバンドは、一九六〇年代のはじめ、米国南部出身のドラマー、レヴォン・ヘルムと、四人のカナダ人、すなわちギターのロビー・ロバートソン、ベースのリック・ダンコ、ピアノのリチャード・マニュエル、キーボードおよびオルガンのガース・ハドスンの、総勢五人によって結成された。

まだ少年だった五人のメンバーは、十年近くドサまわりを続けたあと、腕をかわれ、ボブ・ディランのバック・バンドになった。これにより大きく脱皮したザ・バンドは、やがてニューヨーク郊外ウッドストックで、共同生活をしながら、すばらしいロックンロールを作り出してゆく。六八年の『ミュージック・フロム・ビッグ・ピンク』、六九年の『ザ・バンド』の二枚のアルバムが、その成果である。

ブルースなどの伝統音楽とロックンロールのスピリットが、みごとにミックスされたザ・バンドの音楽は、深く根源的な懐かしさと何物にもとらわれない絶対自由の感覚にあふれている。長い下積み生活をともにくぐりぬけた、メンバーの絶妙のコンビネーションは他に類を見ず、三人のヴォーカリストのピッタリ息のあったハーモニーを聞くと、私など感動のあまり、胴ぶるいしてしまうほどだ。

しかし、ザ・バンドは、七六年、「ラスト・ワルツ」と銘打ったライブを最後に、活動を停止した。それから十数年、八六年にリチャード・マニュエルが自ら命を絶つなど、苦しい日々が続いたけれども、九〇年代になって、ギタリストのロビー・ロバートソンは不参加ながら、ザ・バンドは再結成され、この五月、日本公演も行われた。私は最終日の大阪公演に行ったのだが、迫力満点の凄いライブで、感激するばかりだった。そう、私は「ザ・バンド」フリークなのです。ちなみにザ・バンドのメンバーは私と同世代であり、彼らが元気でロックンロールしつづけてくれると、私も無性にうれしくなり、力がわいてくるのだ。

（『産経新聞』夕刊「強風弱風」一九九四年一二月二八日）

中国の正月

最近は、海外にでかける人もあれば、寝正月をきめこむ人もあるという具合に、日本の正月の過ごし方は各人各様となった。

これに対して、昔の中国の正月は共通の祝祭気分にあふれていた。清末（十九世紀末）、敦崇が著した『燕京歳時記』は北京の正月風景をこう描いている。「大晦日の午後十一時ごろから香を炊いて接神し、爆竹を鳴らして、神々をうやまう気持ちを表現する」。

「接神」とは神々を迎えることを指す。言い伝えでは、旧暦の十二月二十三日、各家の竈を司る神が天に昇り、天帝にお目通りして、各家の一年間の功罪を報告する。一週間後の大晦日の夜中、天帝の裁定をうけた竈の神がふたたび下界にくだるとき、八百万の神々もともに降臨する。このために、人々は香を炊き爆竹を鳴らして神々を歓迎するのだ。

神聖な賑わいのなかで除夜をすごし、明けて元旦になれば、貧富をとわず、どこの家でも必ず餃子を食べる。日本は餅だが、中国の正月は餃子、それも水餃子と相場がきまっている。裕福な家では、この餃子のなかに金銀や宝石をひそませておく場合もあり、うまい具合にこんな宝物入りの餃子を食べあてた者は、一年中、福が授かるとされる。

かつてのこうした中国の正月風景をもっとも華麗に描いているのは、中国古典小説の最高傑作『紅楼夢』（曹雪芹作）にほかならない。十八世紀、清代上流社会の大貴族の豪奢な生活を描くこの小説は、最年長の老太太（大奥さま）が、大晦日に一族郎党を引き連れ先祖の廟に礼拝したあと、爆竹と花火が祝祭気分をもりあげるなかで、元宵節（旧暦一月十五日）まで、華やいだ日々をすごすさまを、浮き立つようなタッチで活写しているのだ。

最近、中国で爆竹は危険だとされ、禁止されたという話も聞く。伝統の聖なるドンチャン騒ぎがむげに禁止されたら、中国の人々も寝正月するしか手がなくなってしまうのではないか。なんとも残念なことである。

（『産経新聞』夕刊「強風弱風」一九九五年一月四日）

雪の金沢

金沢ではここ数年、雪のふらないお正月がつづいた。しかし今年は、大晦日の夜、少し雪がふり、元日はうっすらと雪化粧だった。

毎年十一月ごろになると、金沢では、鳥の巣の高さが話題になる。鳥が木の高いところに巣をかける年は大雪、低いところだと雪が少ないというのが、定説なのだ。この「鳥の巣情報」が発表されるころ、人々はまた雪の季節がやってくると、うんざりした顔で語り合う。

だが、一月から二月へ、本格的な雪の季節がやってきても、いっこうにふる気配がないと、このままですむはずがない、きっとドカンとふるにちがいないと、金沢生まれの人は真顔で断言する。まるで雪がふるのを待ち焦がれているかのように。雪国に住む者の心理は複雑なのだ。雪がふりつづくのはうっとうしいが、さりとてまったくふらないとまた、物忘れしたようで落ち着かない。

金沢に住んで十九年、雪でダイヤが乱れ、いつ来るとも知れない汽車やバスを待つうち、凍えきって大風邪をひいたり、雪道でスッテンコロリと派手に滑って転んだり、私も雪にはさんざん泣かされた。

だからといって、けっして雪が嫌いというわけではない。深夜、ふと異様な静けさに気づき、窓をあけてみる。すると、いつのまにかシンシンと音もなく雪がふりつもり、あたり一面ボーッとけむったような雪明かりに照らされている。街灯に照らしだされた部分に目をやると、雪が間断なくふりつづいているのがわかる。つい寒さを忘れ、ふりしきる雪に茫然と見入ってしまう。雪ごもる金沢の不思議な魅力である。

私は富山県の高岡に生まれ、小学二年生までこの地ですごした。大雪の周期にあたっていたのか、それとも子供だったせいで誇大に記憶しているのか、あのころの高岡はそれこそ屋根まで雪が積もったような気がする。そんな幼年時代の記憶とあいまって、私もまた金沢生まれの人と同様、今年もつい雪の訪れを待つ気分になってしまうのである。

(『産経新聞』夕刊「強風弱風」一九九五年一月一一日)

元宵節

日本では一月十五日は成人の日だが、旧暦のこの日は「上元」にあたり、中国では「元宵節」のはなやいだ祝祭が催される。ちなみに、旧暦七月十五日が「中元」、十月十五日が「下元」にあたる。いまなお上元に成人式を催し、中元に贈り物をする日本の風習は、中国の民俗をはるかに受け継いだものなのだ。

「元宵節」は中国では古来「灯節（ドンジエ）」とも呼ばれ、町のいたるところに、紙灯籠を無数に取り付けたチョウチン山が飾られ、夜中まで見物人でごったがえす。灯節には、ふだんめったに外出しない深窓の令嬢や奥方まで、こぞってチョウチン見物に繰り出すので、思いがけない恋がめばえたり、奇想天外な事件が起こったりする。中国古典小説には、そんな灯節の男女の出会いをテーマにしたものが多い。

灯節に浮かれ出て来るのは、生きた人間ばかりではない。幽霊までぞろぞろ迷い出て来る。南宋（一一二七〜一二七九）に作られた短篇小説「志誠張主管（しせいちょうしゅがん）」は、青年番頭に恋した主人の妻の執念を描いた作品だが、彼らが灯節に出会うシーンの描写は、なかなかスリリングである。

老いた主人に不満なその若く美しい妻に過剰な好意を示され、まじめな番頭の張勝(ちょうしょう)はすっかり脅えて暇をとり、母のもとにもどった。しかし、灯節ともなれば、このマジメ人間もさすがにじっとしておれず、チョウチン見物に繰り出したところ、かの主人の妻に出くわしてしまう。聞けば、偽金づくりのかどで、主人は逮捕、店もつぶれて途方に暮れているとのこと。気の毒に思った張勝は彼女を家に連れ帰り、やがて彼女の出してくれた資金で店を出すが、そのうち、なんと彼女はとっくの昔に死んでいたことが明らかになる。彼女は、張勝への思い断ちがたく、灯節を機に幽霊となり化けて出たのだ。

晴れ着に着飾り笑いさざめく成人式の若者たちは知る由もないが、一月十五日は、実はその古層にこんな哀切にして恐怖にみちた恋物語までしのばせた、こわい日でもあるのだ。

(『産経新聞』夕刊「強風弱風」一九九五年一月一八日)

花の風

この間、雪ごもる金沢はすばらしいなどと書いたら、先日の深夜、凄まじい「雪起こし」の雷鳴が轟いたかと思うと雪が降りだし、とうとう四十センチ余りの積雪量になってしまった。こんなに降るのは数年ぶりだ。天の神様が、そんなに雪の金沢が好きなら、たっぷり楽しませてやろうと思ったのだろうか。もっとも積雪量というのは累計だから、現在、四十センチそっくり積もっているわけではない。

それに最近は地下水を利用した融雪装置という便利なものもあり、降るはしから路面の雪を溶かしてしまうから、市街地にはほとんど雪はない。ただし融雪装置もよしあしだ。道路は水浸しで、端のほうは川のようになるから、車が通るとたちまち泥水を浴びてしまう。こんな道を歩くとき、私は傘をまっすぐ立てず、横向きにさすようにしている。こうして車がはねあげる泥水を防ぐのである。ながめている分にはいいけれども、じっさいに雪のなかで暮らすというのは、なかなか厄介なことなのだ。となると現金なもので、一日も早く春が来てほしいと祈るような気持ちになる。

中国では、小寒（陽暦一月五日～七日）、大寒（陽暦一月二十日～二十一日）、立春、雨水、啓蟄、春分、清明を経て、穀雨（陽暦四月十九日～二十一日）までの八節気（一節気は十五日ずつ）、約四か月の間、五日ごとに「花信風」とよばれる花の風が吹き、この風に感応して次々に新しい花が咲くとされる。たとえば小寒から数えて、最初の五日目に梅が咲き、次の五日目に山茶花、その次の五日目に水仙が咲く。冬ごもりの虫がはい出し、本格的な春が始まる啓蟄（陽暦三月五日～七日）の五日目に咲くのは桃の花である。

冬の梅から春の桃まで、花の風に誘われて五日ごとに咲く花を心のよすがに、中国の人はきびしい冬を乗り越えてきた。金沢はいま大寒の雪のなかだが、やはり五日ごとに花の風が吹いているにちがいない。傘を横向きにさしながら、しばしがんばることにしよう。

（『産経新聞』夕刊「強風弱風」一九九五年一月二五日）

危険な匂いのヤサ男

昭和二十年代後半から三十年代初めにかけて、私は京都の古い盛り場、西陣の千本界隈に住んでいた。ちょうど小学校二年から六年までの間である。家のすぐ近くに、当時全盛だった日本映画五社（のちに日活が加わり六社となる）の封切り館が軒を並べ、毎日のように家族にくっついて映画を見に行った。

こうして名作・駄作を問わず、浴びるように映画を見たけれども、子供だったから、やはり「笛吹童子」や「紅孔雀」といった東映時代劇がいちばん好きだった。ただ、主役の中村錦之助や東千代之介が特にご贔屓だった覚えはなく、その点ではいたって淡泊であった。きっとあのおどろおどろしい東映時代劇の雰囲気そのものに魅かれていたのだろう。

東映時代劇にかぎらず、あれほど日本映画を見たにもかかわらず、特に好きだとか印象に残っているとかいう男優は、いっこう思い浮かばない。女優のほうはたちどころに何人もあげられるのに。

そんななかで、今も不思議なくらい鮮明に脳裏に刻みつけられている男優が一人だけいる。初期の勝新太郎である。

わが西陣千本では、大映映画の封切り館は長久座（ちょうきゅうざ）といった。かの永田雅一がかつて弁士をしていたという、この由緒正しい（？）劇場で、私は初めて勝新太郎の映画を見た。勝新太郎のデビューの翌年（昭和三十年＝一九五五年）の『かんかん虫は唄う』という映画だった。「かんかん虫」というのは、船についた錆などを落とす職人のことらしいが、その「かんかん虫」に扮した勝新太郎が、大きな船に張りついて仕事をしながら、歌などうたっている。そんなシーンくらいしか覚えておらず、ストーリーもほとんど忘れているのに、この映画の勝新太郎のイメージは実に強烈であり、今も忘れられない。

この時の彼は、後年の男臭いイメージからは想像もできないような、のっぺりとしたヤサ男であり、まるで少女歌劇の男役のようだった。ただ、このヤサ男には、それまで見た日本映画の男優の誰にもない危険な匂い、ゾクッとするような前代未聞の悪の魅力の片鱗があった。盛り場育ちのマセガキだった私は強い衝撃をうけ、以来、勝新太郎の名はくっきりと私の脳裏に焼き付いた。

数年後、勝新太郎は『不知火検校（しらぬいけんぎょう）』でガラリと変身し、以後、ふてぶてしい悪の魅力を思いきり発散させて、大スターとなっていった。『かんかん虫は唄う』を見た時のわが幼き直観は当たっていたのだ。私はそんなふうにひそかに自画自賛しつづけているのである。

（『ノーサイド』一九九五年二月号）

男の顔

先ごろ出た某雑誌に「戦後が匂う映画俳優」(男優篇)という特集がある。表紙は若き日の三船敏郎と鶴田浩二のスチール写真だ。頁をめくると、次から次に懐かしい顔が出てきて、思わず見とれてしまう。

「戦後が匂う」日本映画の黄金時代、昭和二十年代後半から三十年代前半にかけて、私は毎日のように映画館に通った。まだ小学生だったけれども、映画館が軒を連ねる京都西陣の千本界隈に住んでいたので、家族にくっついて映画に行くのが日課だったのだ。

だから自慢ではないが、当時の日本映画はほとんど見ているし、女優や男優のゴシップだって、『平凡』と『明星』という映画雑誌を熟読していたので、よく知っている。

だが、この特集号のおびただしい男優、ことにスターだった男優の写真を見ているうち、懐かしさを通り越して、だんだん妙な気分になってきた。なんて若いんだろう。誰も彼もが気味がわるいほど端正で色男然としている。早世した人はさておき、三十数年たった現在も活躍中の人など、別人としか思えないほどだ。確かに老けたけれども、メリハリの乏しい昔の顔に比べれば、今の顔の方が断然いい。

男優のみならず、六〇年代末から活躍しているロックンローラーにしても、若いときの顔はペラペラしていて奥行きがないが、オジサンとなり果てた今の顔は、ガラリと様変わりして、幾山河越えてきたことを忍ばせ、実にいい。

ニール・ヤングなど、頭のテッペンが薄くなって河童（かっぱ）みたいになってしまったけれども、その河童みたいな頭をふりたて、深い皺（しわ）の刻まれた顔を紅潮させて、パワフルにギターをかきならす姿をみると、ほんとうに感動する。男の顔は年代物の方がいいと思うのは、私自身、年をとったせいなのだろうか。

それにしても、女の人は若いころの方が、やはり圧倒的に「きれい！」であり、年をとってからの方がステキな人など、めったにいないのは、なんとも残念なことである。

（『産経新聞』夕刊「強風弱風」一九九五年二月一日）

貸本屋

近頃、貸本屋というものをほとんど見かけなくなった。私が子供だったころの、昭和二十年代中頃から三十年代初めにかけては、どんな町にも必ず貸本屋があった。貸本屋に並んでいる本には、親が買ってくれる本や小学校の図書館の本とはちがう、一種キッチュな雰囲気があって、私は大好きだった。

子供時代を過ごした京都西陣の家のすぐ近くに、一軒の貸本屋が新装開店したときは、さっそく駆けつけ、入会金を払って会員になった。当時の貸本屋は会員制だったのだ。会員にはカードが交付され、そのナンバーは申し込み順だった。私の会員ナンバーは三番である。

それから、私の貸本屋狂いが始まった。毎日通いつめて、少ない日でも二冊、多い日には三冊も借りた。少女小説、探偵小説、時代小説、映画雑誌、少女雑誌と、エンターテインメントならなんでもござれ、読んで読んで読みまくった。

貸本は一日で読まないと料金が割増になるから、自然に読むスピードがあがる。今でも本を読むのがわりに早いのは、きっとこの時の習練（？）の賜物であろう。

当時、八十数歳だった父方の祖母がまた本の好きな人で、私が借りてきた本をときどき読みたがった。なにしろ高齢だから読むのがおそく、日延べすると割増になると、私は気が気でなく、祖母のいた離れの部屋にヤイノヤイノとせかしに行った。「もうすぐ、もうすぐ」と言いながら、顔もあげずに読みふけっていた祖母の姿が目に浮かぶ。

こんなに貸本を読みながら、子供のくせに毎晩のように家族について映画館にも行っていたから、当然、勉強する暇などなく、宿題も忘れてばかりいた。典型的な快楽主義の町の子だったわけだ。しかし、こうして早い時期に、キッチュな本や映画のもたらす快楽にどっぷりつかったことにより、おもしろいものに対する嗅覚だけは鍛えられたように思う。無菌状態の「いい子」でなくてよかったと、ちょっぴり誇らしい気分がしないでもない。

（『産経新聞』夕刊「強風弱風」一九九五年二月八日）

眼鏡

私は昔から両眼とも一・五なので、遠くも近くも可視の範囲はくまなく見えて当然だと思いこんでいた。ところが、数年前からこの確信が揺らぎだした。細かい字が光って読みにくいのだ。たとえば、深夜までワープロを打った翌朝、授業に出て出席をとろうとすると、出席簿に記載した名前がはっきり見えない。見当をつけて「林くん」と呼ぶと、当の学生はぶすっとして「森です」と答えたりする。早い話が「老眼」になったのである。

しばらく辛抱したけれども、どうにも具合がわるく、とうとう眼鏡を誂えた。目がよすぎて遠視がかかっているから、人より早く老眼鏡のお世話になる羽目になったのだと、そぞろ悲哀を感じずにはいられなかった。だが、いざ実際に眼鏡をかけてみると、手元がよく見えて便利なのはいうまでもないが、ガラリと違った人間になれたような気がして、ヤセ我慢でなく、すっかりうれしくなってしまった。

考えてみると、中学生くらいから近眼になる友人が多く、彼らが「見えない」とか言いながら目を細くし、おもむろに眼鏡をかけるのを、見えすぎる私はいつも羨ましいような気分で見ていた。大学時代の親しい友人も強度の近視であった。あるとき、二人で映画を見に行く約束をしていたのに、なんと彼女は眼鏡を忘れて来た。彼女の家は遠くて取りに戻れない。そこで仕方なく、私の父の近眼鏡を彼女に貸し、アントニオーニが監督した、当時、評判の『情事』というイタリア映画を見た。度数の合わない大きな枠の眼鏡をかけた彼女の姿がおかしく、吹きだしてばかりいて、ただでさえ難解な『情事』の内容は、結局さっぱりわからずじまいだった。このときも大笑いしながら、やっぱりなんとなく彼女の大人びた眼鏡姿に羨望を感じた記憶がある。

そんなわけで、眼鏡をかけてみたいという積年の願望が、老眼鏡によって実現され、私はすこぶる機嫌よく、人前もはばからず老眼鏡をかけては、ひとり悦に入っているのである。

（『産経新聞』夕刊「強風弱風」一九九五年二月一五日）

ピエロの役割

阪神大震災後、さまざまな分野でボランティアの活動がめだつ。このなかには大道芸を演じたり、ピエロに扮して笑いをふりまく「芸能ボランティア」まで含まれている。

瓦礫の山のそばで、おもしろおかしくポーズをとるピエロの姿を、はじめてテレビのニュースで見たとき、なんだかとても場違いな気がした。しかし、次の瞬間、テレビカメラが、ピエロを取り囲んで見物している人々の表情を映しだしたとき、ハッとした。親の肩車に乗りながら、声をあげて笑う子供たち。地面にドッカリ座って拍手喝采するお年寄りたち。

一瞬のうちに何もかも失ったとき、瓦礫の山を前に悲しみ嘆いているだけでは、ひたすら深刻に滅入っていくばかりだ。ときにはすべてを忘れ大笑いして、陽気に気分転換をはからなければ、精神のバランスが崩れてしまう。被災地に登場したピエロは、まさしく人々の緊張を緩和し、余裕と笑いを供給する精神のボランティアの役割を演じていたのだ。

三世紀から五世紀初めにかけての中国の乱世、魏晋の時代を背景とするエピソード集『世説新語』には、危機的状況のなかに身をおきながら、あくまでユーモア感覚を失わず、陽気にたくましく生き抜いてゆく人々の姿が活写されている。このなかに、阮孚という人物が、混乱の時代をよそに、なんの現実的有効性もない下駄集めに熱中する話がみえる。阮孚は毎日、集めた下駄にせっせと蝋を塗りつけ、大切に手入れしながら、「一生のうちに、いったいどれだけの下駄がはけることやら」と、のんびりため息をついていたという。この阮孚の生き方を、『世説新語』は「雅量（落ち着いた余裕のある行動）」だと賛美する。

どうすれば人は危機に飲み込まれず、精神のバランスを保ってゆくことができるか。これは、周期的に激しい転換期に見舞われる中国において、大きな課題であり続けた。被災地のピエロにも似る阮孚のユーモラスな余裕の美学は、その模範解答の一つだといえよう。

（『産経新聞』夕刊「強風弱風」一九九五年二月二二日）

雛祭のルーツ

もうすぐ雛祭。デパートのお菓子売り場はいまや雛菓子の洪水だ。この三月三日のセレモニーの始まりも、やはり中国に求められる。

中国では古代から、陰暦三月の上巳（上旬の巳の日）、人々は水辺につどい身を潔めた。この風習の始まりについては悲しい伝説がある。

昔、ある家で、三月上辰（上旬の辰の日）に二人の娘が生まれ、次の日の上巳にまた一人の娘が生まれたが、三人ともすぐ死んでしまった。以来、人々は三人の幼女の死を悼み、毎年、三月上巳になるたび、水辺で祈禱と禊をするようになった。このとき人々が禊をしたのは、死の穢をはらうためにほかならない。

やがて三世紀の三国時代になると日付が固定され、陰暦三月三日に上巳の禊が催されるようになる。東晋時代（三一七～四二〇）に入ると、この上巳の禊は華やかな祝祭の様相を呈するに至る。

ちなみに東晋というのは、北方異民族の侵入によって華北を追われた漢民族が、江南に立てた亡命王朝である。

東晋王朝の政治的・文化的な主役であった貴族たちは、三月三日の上巳に友人一同誘いあって集まり、禊をすませたあと、「曲水流觴（屈折した小川の流れに盃を浮かべ、順番に盃を手ですくいあげて自作の詩をよむ）の宴」を催し、優雅な遊びを楽しんだ。

「書聖」と呼ばれる古今第一の書の名手、王羲之（三〇七～三六五）の最高傑作「蘭亭集序」も、彼が主催した曲水の宴のさい、出席した大勢の友人たちが作った詩を集めて編んだ『蘭亭集』に、序文として付けられたものである。

古代の悲しい伝説から東晋以降の優雅な曲水の宴へと、上巳の催しは変貌を重ねた。しかし、いずれにせよこれらの行事は、水と切っても切れない関係にある。日本に残る「流し雛」の風習は、こうした上巳の行事の水の記憶をはるかに受けついでいるのかも知れない。元宵節にせよ上巳にせよ、昔からの行事の古層にはつねに、一種、慄然とさせられる古代の宗教的な感覚がひそんでいるといえよう。

（『産経新聞』夕刊「強風弱風」一九九五年三月一日）

消えたワープロ

私にはこのごろとても腹が立っていることがある。研究室用にワープロを一台買おうと思い、自宅で使っているのと同じタイプのものを注文したところ、もうないというのだ。ちなみに自宅でいま使っているのは、テレビ型をしたS社のデスクトップである。ワープロを使いはじめてから八年ほどになるが、このタイプが使いやすくてずっと愛用してきた。三年あまり前に買い替えたときには、同じタイプながら改良がすすんで、うんと使いやすくなっており、非常にうれしかった。ところがである。買い替えのときから数えて、わずか三年しかたたない現在、デスクトップのワープロは製造中止となり、市場から忽然と姿を消してしまった。S社の製品のみならず、ワープロというワープロは、いまやラップトップつまり液晶型一点張りとなり、鐘や太鼓でさがしてもデスクトップなどどこにもない。ラップトップのワープロは、コンパクトな折り畳み式がほとんどだから画面が低く、どうしてもかぶさって打つ姿勢になる。こんな姿勢で長時間打ちつづければ、首や肩にプレッシャーがかかるのは言わずと知れたこと。おまけにラップトップは光線のかげんが難しくて画面が見にくいうえ、字の変換もグニャリとした感じで、デスクトップのきびきびした切れ味には、とうてい及ばない。

というわけで、私にはデスクトップがなんとしても必要なのに、それがないのだから、これは悲劇である。業者の話では、どうしてもデスクトップがいいのならパソコンにするしかないという。ただ日本語ワープロとして使うだけなら、なにも小難しいパソコンと睨めっこして、時間を無駄にする必要はない。

短時間にドタバタとモデルチェンジして、どんどん製品を淘汰してゆくのは、軽佻浮薄な日本企業の悪癖にほかならない。一定の完成度に達した製品を、愛用者のために作りつづけることこそ、文化の厚みというものではないか。私はいま本当に怒っているのである。

（『産経新聞』夕刊「強風弱風」一九九五年三月八日）

頭の換気

このごろ何かと身辺あわただしく、落ち着いて本を読む時間もない。机のまわりには、いつのまにやら読みたい本の山ができてしまった。ヤン・コット著『私の物語』、ビュフォー著『涙の歴史』、ギンツブルグ著『闇の歴史』、今村仁司著『ベンヤミンの〈問い〉』、伊藤整の『日本文壇史』（文庫で二巻めまで出た。全部で十八巻もあるんだから、早く読まないと追いつかなくなってしまう）等々。以前から読みつづけている「幸田露伴全集」も積んだまま、しばらくご無沙汰だし……。

私の専門は中国文学なのに、なぜか机のまわりには西欧の本（もちろん翻訳書）が多い。中国の本ばかり読んでいると、頭の風通しがわるくなり発想が固着する。頭だって換気しないと酸欠になってしまう。近頃はバタバタして、この換気ができないばかりか、眠るまえにミステリを読む楽しみからも遠ざかっている。深夜までワープロにしがみつき疲れ果てて、そのまま眠ってしまうことも多いから。

そんななかで、ふと手にしてたいへんおもしろかったのは、金平茂紀著『ロシアより愛をこめて』という本である。著者は一九九一年六月から九四年六月まで、ＴＢＳテレビのモスクワ支局長だった人。保守派のクーデターからゴルバチョフの退陣、エリツィンの政権奪取、さらには最高会議ビルの銃撃戦など、あの一連のロシア激動のとき、この人のモスクワリポートをよく見た。自前の顔と言葉をもつ、稀に見る印象の強い特派員だった。書簡と日記のスタイルで綴られたこのロシア記録には、激しく動く情勢の真っ只中に飛び込みながら、これはなんだ、これでいいのか、と自ら問いつづけている著者の姿がくっきりと浮き彫りにされている。この人は、欲望の論理でキリもみ状態になっている現在のロシアのどうしようもなさに、怒り気色ばみながら、そのロシアをまぎれもなく愛している。いまどき、こんな「まっとう」な人がいるのかと、久しぶりに清新な感想を覚えたのだった。

（『産経新聞』夕刊「強風弱風」一九九五年三月一五日）

授業風景

金沢大学で中国語を教えるようになって、もう十九年になる。この間、中国語の受講者は年々ふえつづけ、いまや十九年前の三倍以上、一回生だけで七百人を越える。

テキストもずいぶん変わった。昔は毛沢東の講話「老三篇（ラオサンピエン）」や、魯迅主流であり、体裁もシンプルで挿絵などまずなかった。しかし最近は、中国都市めぐりをテーマにした、ガイドブックと見まがうようなカラフルなテキストや、評判になった中国映画のシナリオをテキスト化したものなど、まさしく多種多様、選りどり見どりである。

授業のスタイルもさま変わりした。近ごろは教室にビデオが設置されていることも多く、ときには授業中に中国映画を見せることもある。いまや中国映画界は、陳凱歌（チエンカイコー）、張芸謀（チャンイーモウ）をはじめすぐれた監督が輩出し、続々と傑作が生まれているから、学生に見せたい映画に事欠かない。しかし、たとえば陳凱歌の傑作『黄色い大地』を見せても、反応はいまひとつで、ほとんどの者が居眠りしそうになる。

マジメな映画がダメなら、一度、極め付けの「娯楽大作」を見せてみようと、半分ヤケになって、暗黒街を舞台にした香港映画『男たちの挽歌』を見せたことがある。これも私の大好きな映画なのだが、手に汗にぎる活劇シーンがふんだんに盛り込まれている。これを見せたら、さあ大変、居眠りする者など一人もいない。あわやという場面になると、前の席に陣取った女子学生が、「いまだ、撃て！」と絶叫したりする。終わってみると、どこから来たのか、立ち見の学生までいる始末。

試しに感想文を書かせると、「早く私もこんなおもしろい映画の会話がわかるほど、中国語が上手になりたい」というのがあった。『男たちの挽歌』の会話は広東語が主であり、授業でやっているのは北京語なのに、呆れたことに、その区別さえできなかったらしい。そんなにおもしろかったのなら、まあいいかと、私は自分に言い聞かせたのであった。

（『産経新聞』夕刊「強風弱風」一九九五年三月二二日）

引っ越し狂騒曲

このコラムを書くのは今回が最後だが、実は私、四月から、十九年間つとめた金沢大学教養部から京都の国際日本文化研究センター（日文研）へと、勤務先も変わる。十九年もつとめたのだから、うたた感慨なしとしないのだけれども、なにしろ引っ越し騒ぎの雑用つづきで、おちおち感慨にも浸っていられない。

私の専門の中国文学は、他の外国文学に比べて、本の値段が安い半面、非常に冊数が多い。先日、亭主を動員して、まず研究室の本を段ボール箱に詰め込んだ。いまや研究室は百五十はゆうに越える箱、箱、箱で、足の踏み場もない。ぎゅうぎゅうに詰め込んだから、きっと運送屋さんは渋い顔をするだろうし、この箱を開けて片付けるときが、また大変だ。

住まいのほうも、金沢から京都に移るので、これまたひっくりかえっている。もっとも、金沢の住まいも残しておくことにしたから、そのぶん気楽といえば気楽である。ただ、住まいのほうにも本がかなりあり、これは商売道具だから持って行かねばならず、またまた段ボール箱の山に埋もれてワープロを打っている始末。八十を越した母は、残しておく道具と持って行く道具の選別で、毎日、頭を悩ませているし、本当にテンヤワンヤだ。

それでも、私は引っ越しがけっして嫌いではない。子供のころから数えると、今度で引っ越しはなんと十二回めになる。引っ越し癖がついているので、長い間、同じところにいると、体にサビがついたような気になり、生活環境をガラリと変えてリフレッシュしたくなる。

ちなみに亭主はずっと京都に住んでおり、十四年余り金沢と京都に別れて暮らした。この間、JRの特急「雷鳥」で交互に往復した回数は七百回以上。思えば気が遠くなる。しかし、この距離感もなかなか捨てがたく、同じ京都に住んでも、なんとかこの離れて住む快適さを維持したいものだと、お互いに思っている。というわけで、あれやこれや、我が家は目下引っ越し狂騒曲のクライマックスである。

(『産経新聞』夕刊「強風弱風」一九九五年三月二九日)

［金沢を想う］

私のターニングポイント――雪と桜の金沢

金沢大学に赴任したのは一九七六年四月。京都大学文学部の助手の任期は二年であり、そろそろ次の就職口をさがさねばと焦りはじめたころ、たまたま金沢大学教養部で中国語の助教授の公募があった。もともと北陸の生まれであり、金沢の地に憧れをもっていたこと、住む土地を変え、知り合いもないところに身を置いて、落ち着いて本を読み勉強してみたいと思っていたこと等々により、思い切って応募したところ幸い採用された。

かくして勇んで赴任したのだが、最初のうちは戸惑うばかりだった。ことに赴任した年の冬は大雪であり、子供のころの記憶で雪には慣れていると自負していたのに、何度も雪道ですべって転び、つくづく雪の怖さを思い知らされた。しかし、歳月の経過とともに徐々に慣れ、いつしか冬になると雪の降るのを心待ちにするようになった。私は、結局まる十九年、金沢で暮らしたが、深夜、ふいにあたりが異様な静寂につつまれ窓をあけてみると、しんしんと雪が降り積もっていることがよくあった。雪ごもる金沢のそんな景色を、ぼんやり眺めているのが好きだった。

雪にも魅了されたが、雪国金沢の桜もまた格別に美しく、心を揺さぶられた。暗くて長い冬が過ぎ、春がやってくると、雪と寒さに耐え抜いた桜がいっせいに開花し、金沢の町をいろどる。当時、金沢大学教養部は金沢城の跡地にあり、魅力的な桜もたくさんあった。ことに驚かされたのは、冬の間、枯れたようになっていた老桜の妖艶な風情だった。黄昏どき、枝いっぱいに花をつけ白く輝くこの老桜を見ると、時を超えて生きつづける不死鳥のような迫力があり、思わず呆然とした。それは、まさに積年の、冷たい雪の試練をくぐりぬけて、鍛えぬかれ、磨きぬかれたものの美しさだった。

こうして毎年、雪を見つめ桜に見ほれながら、私も少しずつ自分の本当にやりたい仕事、書きたいもののイメージが固まり、金沢に赴任してから七年後（一九八三年）、初めて小さな本を書き、これを皮切りとして十二年間で数冊の本を書いた。最初の予感どおり、住み慣れた京都を離れ、さまざまなものと距離を置いたために、一人でゆっくり考える時間をもつことができたのだと思う。こうしてみると、私の人生の最大のターニングポイントは、まぎれもなく金沢行きにあったといえよう。

一九九五年四月、私は現在の職場に移り、十九年ぶりに京都に戻った。金沢にいたころ結婚したが、夫はずっと京都にいたので、しばしば京都と金沢の間を往復してはいた。しかし、完全に京都に戻ってはや十一年。金沢は住んでいるときから、記憶のなかの町のように懐かしいと言った人がいるが、わがターニングポイントたる雪と桜の金沢は、今も幻の町として、私の記憶のなかにまざまざと生きつづけている。

（原題「記憶のなかの町」。『人事実務』999、産労総合研究所、二〇〇六年九月一五日）

豊饒な水、懐かしい夢の町

夏になると、いま住んでいる京都の水道水は、ぬるま湯のようになる。そんなとき、いつも金沢の水を思い出す。金沢の夏の水道は手が切れるほど冷たい。これは、実に実に気持ちがいい。そういえば、金沢大学に赴任した当初、いちばん感動したのは、水がおいしいことだった。金沢の水を使うと、インスタント・コーヒーでさえおいしいのだ。

私は富山県高岡の生まれだから、北陸の風土には馴れていると、ひそかに自負しつつ、金沢に赴任した。だが長らく京都に暮らしたため、すっかり記憶が薄れていたことも多かった。北陸の水のおいしさを再発見したのは、うれしい誤算だったが、雪に対する身体感覚がすっかり鈍っていたのには、我ながら呆れた。

金沢に移り住んだ最初の冬は大雪だった。そんなある日、子供のころの雪遊びの楽しい記憶を反谺しながら、雪のなかを歩き回り、いつのまにやら険しい坂道のてっぺんまで登っていた。登ったのはいいが、ツルツル滑って、どうしてもおりられない。なんと無防備にも、裏にギザギザのない革靴をはいていたのだ。それから何度も転び、通りかかった人に支えてもらって、やっと下までおりることができた。これにこりて、以後、少しでも雪が降ると、必ず裏にギザギザのついた靴をはき、そうこうするうちに、幼い日に覚えた雪道を歩くときの身体感覚が、蘇ってきたのだった。

高岡にいた子供のころは、雪といえば、竹スキーや箱橇で遊ぶことしか考えなかったが、大人になって住んだ金沢では、深夜しんしんと降り積もる雪を、じっと眺めているのが好きだった。雪ごもる金沢。金沢は住んでいるときでさえ、記憶の町のように懐かしい、と言った人がいるが、ほんとうにそうだと思う。

夏なお冷たい水、降り積もる雪、町の中を流れる犀川と浅野川。豊饒な水のイメージに浸された金沢は、ささくれだった現代に生きる者の心を浄化する、懐かしい夢の町のように、私は思えてならないのである。

（『読売新聞』北陸版「北陸へのラブレター」一九九九年一一月七日）

鏡花と金沢

　私は一九七六年四月から九五年三月まで、金沢大学に勤めていた。十九年に及んだ金沢暮らしのなかで、つごう三度転居し、八四年の春、市内のどまんなかにある「武蔵が辻」のマンションに居を定め、ようやく心身ともに落ち着いた。ここは、まだ金沢城跡にあった大学まで自転車なら五分、徒歩でも十分ほどの距離であり、すぐ近くにデパートもあれば、「近江町市場」もあるという、願ったりかなったりの場所だった。ここに住んでから、よく自転車や徒歩で散歩した。金沢の町は一歩、裏通りに入ると、まさにラビリンス（迷路）であり、迷い迷っているうち、墓地に入り込み、どうにも出られなくなったこともある（私は強度の方向音痴なのだ）。だんだん恐くなってきて、金沢は「この世」のただなかに「あの世」がある、なるほど泉鏡花の故郷だけのことはあると、身に染みて思った。

　毎年、初詣でには、武蔵が辻の東、古い町家がつづく裏通りをたどり、「久保市乙剣宮（くぼいちおとつるぎぐう）」に行った。このお宮の向かいに鏡花の生家があった由だが、今は影もかたちもない。数年の間、正面からお参りするだけだったので、なんの変哲もないお宮だと思うばかりで、とても鏡花とこの地域の関わりの深さを連想するには至らなかった。

しかし、ある年のこと、ふと思いついて拝殿の裏側にまわってみた。すると、苔むした石段があり、これをそろそろ下りてゆくと、右手に金沢有数の花柳界、主計町の検番があった。鬱蒼とした木立に包まれた石段、ひっそりと蟠っている古びた検番。この雰囲気に身を浸した瞬間、私はほんとうに背中から水を浴びせられたようにゾッとした。苦界に身を沈めた女たちの怨念の凝結なのか、時間も空間も蒼白に凍りついている。金沢の町の奥には「異界」が広がっている、私は恐怖とともに実感したのだった。石段を下りきると、浅野川畔の主計町に出る。少しさかのぼれば浅野川大橋、間近に見えるのは卯辰山だ。この途方もない不気味さを秘めた一廓こそ、鏡花初期の傑作『照葉狂言』の舞台にほかならない。

『照葉狂言』の主人公の少年、貢は幼いときに両親を亡くし、「乙剣宮」の筋向かいの家で、伯母の世話になっている。隣家の年上の美少女お雪は継母に苦労する身だが、そんな貢をいとおしみ、貢もまた彼女を姉のように慕う。やがて家の近くの空き地に、旅回りの照葉狂言一座がかかり、貢は一座の花形、小親という美女に可愛がられるようになる。ある日、貢の伯母が花札賭博で逮捕され、途方にくれた貢は小親のすすめで、照葉狂言一座に身を寄せる。

八年後、一人前の芸人になった貢は一座とともに金沢を訪れ、お雪の継母と再会する。継母は、お雪が凶暴な婿養子に虐待されていると言い、彼女を救うべく、小親に婿養子を誘惑してもらいたいと言い出す。貢が困惑しつつも、この話を伝えると、小親は沈みこみながらも、引き受けると言いきる。貢はお雪と小親の間で右往左往するばかりの自分が情けなく、無力感にうちのめされて、ひとり遠くへ旅立って行く。

　年上の二人の美女に愛され、庇護される一方の主人公貢のイメージには、多くの評者が指摘するように、確かにずいぶん虫のいいものがある。それはさておき、この物語には、鏡花の作品に頻出する原型的モチーフがくっきりとあらわれている。九歳で死別した美しい母へのはげしい追慕。母を思わせる庇護者としての年上の女性に対する憧憬。蔑視される芸人や花柳界の人々へのつよい共感。異界を内包した故郷、金沢への愛憎の入りまじった思い入れ等々。『照葉狂言』は、こうした要素を複雑かつ精緻に絡ませ複合させながら、清澄きわまりない物語世界をかたちづくっている。

　ちなみに、お雪のモデルは、針の製造販売業を営む鏡花の祖母の実家、目細家の娘てるだとされる。目細の店は今も横安江町の商店街に、どっしりと存在している。ここから鏡花の生家まで徒歩でものの十分。この店の前を通るとき、私はいつも奥から白い夕顔のようなてるが出現するような気がして、胸がドキドキした。目細てる、ひいてはお雪のイメージには、今も金沢に生きる、おぼろにやさしげでありながら、けっして妥協しない芯の強さをもつ美しい女性たちと、ぴったり重なるものがある。

　『照葉狂言』のもう一人のヒロイン、旅芸人の小親は清艶な俠女(きょうじょ)である。鏡花はこうした清艶な俠女を繰り返し描いているが、なかでも、『髯題目(ひげだいもく)』のヒロイン小燕(こえん)のイメージは衝撃的というほかない。

鏡花初期の異色作『髯題目』の主要登場人物は、一世を風靡した女役者の早乙女縫之助と娘分の小燕である。小燕は金沢の財産家、粂屋の息子に望まれ、縫之助から「立派に粂家から葬式を出してもらひ」と励まされ、芸人稼業から足を洗って粂屋に嫁ぐ。しかし、粂屋の姑はことごとに辛くあたり、老婆の集まりで珊瑚の数珠が紛失したのを幸い、小燕に着物を脱いで身の潔白を示せと迫る。進退きわまった小燕が着物を脱ぎ捨てた瞬間——。「肩をすべつて、手を脱けると、雨が晴れたやうになつて真白の姿はひれふしたが、透通るやうな小燕の背から、真赤な字が八個飜つて溢れて出た。一個々々拾つて見ると、「一天四海、」「皆帰妙法、」と鮮明に読まれたのである。（中略）早乙女縫之助の女分で、小燕といつた女俳優は、文身をして居たのである。」真白な背中に彫り込まれた朱色の八文字。醜悪な老婆の群れを一瞬にして圧倒し無化する、異様な美の襲撃である。

この直後、のたれ死にした縫之助の亡骸が掘り返されたと聞き、小燕は現場に駆けつける。そこには、やはり背中に墨で「南無妙法蓮華経」の髯題目（字の先端を髯のようにはねて書いたもの）を彫り込んだ、縫之助の死骸が無残な姿をさらしていた。たびかさなる衝撃と恥辱に耐ええず、数日後、小燕は服毒自殺して果てた。小燕の葬式の日、路地裏から落魄の老芸人たちが「むら〳〵と起り立つて」、陽気に歌い踊りながら棺を見送ったのだった。

親代わりの縫之助との約束を守り、嫁ぎ先から「立派に葬式を出して」もらいながら、芸人の意地を貫き、自分たちを蔑視する俗世間に痛烈なしっぺ返しを加えた清艶な侠女小燕。老芸人の乱舞・狂歌はそんな彼女への手放しの賛辞だったといえよう。

金沢は戦災にあっておらず、入り組んだ路地と昔ながらの家並みが残っている。夕方になると、そんな家並みのあちこちから、老芸人さながら、錆びた声音の謡が聞こえてくる。私の住んでいたマンションでも、二十四時間常駐の管理人夫妻が無類の謡好きで、夕方五時すぎになると、玄人はだしの歌声が響き、ナルホド金沢は芸の町だと、いつも感嘆した。

さて、『鬚題目』のヒロイン小燕が抗いつつ冥界という異界へ去った存在だとすれば、『女仙前記』のヒロインは、縹緲と山中の異界へ立ち去らんとする存在だ。

ある夏の夕方、後朝川（浅野川）のたもとに雪売りの老爺が出現する。老爺のかつぐ笊は二つ。片方には雪すなわち氷、もう片方には白兎が入っている。川沿いの屋敷の令夫人の雪がこの白兎に目をとめ、召使いを通じて老爺を呼ぶと、この白兎はある日、ふと現れた美しい娘（やはり雪という名だ）が可愛がっていたものだとのこと。その娘が、事情は定かではないが見果てぬ恋に身を焦がして死んだあと、兎を「雪」と呼んで大事にしてきた。しかし、奥さまはその娘とそっくりだから、この兎の「雪」をさしあげると言い、夫人が兎に気をとられている隙に老爺はふっと姿を消す。

雪夫人は豪邸に住んではいるが、不幸な結婚をして辛いめにあっているもよう。彼女がきっと遠からず、白兎に導かれて川を渡り、山の彼方の異界に立ち去る気配を、濃厚に漂わせながら物語は終わる。

雪づくし（そういえば、『照葉狂言』の年上の美少女も「雪」という名だ）のこの佳作には、山中の異界を彷徨する美女――女神――への憧憬が清冽に結晶している。鏡花の亡母鈴は加賀藩江戸詰めの能役者の娘であり、江戸下谷で生まれた。明治維新後、家族とともに金沢に帰り、彫金師の泉清次と結婚。思うに、江戸生まれの美しい鈴は、北国の町金沢では、おそらく一種の「異人」だったのではなかろうか。土着の人々とは異なる雰囲気を漂わせたその母が若くしてこの世を去り、山中の墓所に葬られたこと。こうした幼児体験が、鏡花の山中異界幻想、女神幻想をはぐくむ大きな契機になったことはまず間違いなかろう。

それにつけても、この『女仙前記』の白兎もそうだが、金沢は不思議な生き物が生息しているところである。いつだったか、お城の堀端を歩いていたとき、突然、凄まじい水音とともに巨魚が躍りあがるのを目撃し、仰天したことがある。また、私は中国語を教えていたのだが、四月、新入生の授業のとき、学生がいっせいに発音すると、窓外の木の枝にとまり、きまって「ホーホケキョ」と鳴くウグイスもいた。この勉強好きのウグイスにはいつも笑わされた。

不思議な生き物が出没し、随所に異界（冥界・仙界・魔界）への通路を秘めているような金沢の町。とりわけ雪の日に裏町を歩くとき、私は頭が真白になり呆然自失に陥った。鏡花の作品は雪ごもる金沢の迷路のように、読者を夢遊状態に誘い込む魔力をもつ。金沢暮らしの長かった私は、鏡花を読むたび、つい雪の金沢の迷路をたどる気分になってしまうのである。

（『図書』二〇〇三年一〇月号）

Ⅱ　京都を活動拠点に　一九九五〜二〇〇九

［懐かしの京都へ］

わが幻想空間

辻惟雄（のぶお）先生の「奇人研究」班に参加させていただくことになり、はじめて桂坂の日文研の門をくぐったのは、一九九三年の初夏だった。

当時、金沢大学に勤めていた私は、案内状のとおり、京都駅から地下鉄、阪急と乗り継いで、桂駅におりた瞬間、まず「これが桂？」と、我が目を疑った。私は、小学生のころから京都で育ったけれども、ずっと市内の北のほうに住んでいたので、南のほうはほとんど知らない。桂も大昔にほんの一、二度、遠足で来たことがあるくらいだ。そんな私の遠い記憶にある桂駅は、小さな木造のいかにも牧歌的なものだった。それが、いまやこんな大きな「ターミナル」になっているとは。のっけから虚をつかれ、私はちょっとした浦島太郎気分になってしまった。

気を取り直して、桂坂行きの市バスに乗り込んだものの、またまた驚きの連続であった。動き出したバスは、しばらくすると竹藪を切り開いた道路に入っていった。鬱蒼と茂った竹藪を眺めながら、私は「ホホーここが桂坂か。日文研はなんと竹藪のなかにあるのか」と思った。しかし、いっこう「桂坂」という車内アナウンスは聞こえず、バスはドンドン走りつづけるばかり。そのうち、なんとニョキニョキ高層ビルがそびえたつニュータウンが、忽然と眼前に出現した。ここは、ほんとうに京都だろうか。このバスはほんとうに桂坂行きだったろうか。もともと方向音痴の私はにわかに不安に駆られ、窓の外に広がる景色をもう一度見直した。広い道路、歩道橋、高層マンション……。まったく京都的でない風景のなかで、川べりに植えられた樹木にだけは、よその土地には見られない、どこかしっとりと柔らかな風情がある。これを見た瞬間、私はここは紛れもない京都だと安堵し、それからあとは度胸を据えて、行くところまで行くまでだと、バスの振動に身をまかせた。バスはニュータウンを抜けたあと、両側に瀟洒な住宅が並ぶ坂道をのぼってなおも走りつづけ、とうとう終点の桂坂に着いた。

はるばる来ぬる旅をしぞ思う、といった気分でバスをおり、テクテク坂をのぼること数分、とうとう日文研にたどりついたとき、最後の衝撃がやってきた。大いなる夢の結晶のような空間が、そこに広がっていたのである。

こうしてはじめて日文研を目のあたりにしてから約二年後の九五年四月、私は縁あってそのスタッフに加えていただくことになった。私の研究室はとても眺めのいい部屋で、洛西ニュータウンのビル群も、よく見える。この部屋に入ってからしばらくは、ただ茫然と景色に見とれていて、何も手につかないほどだった。今まで外側から見ていた日文研の内側にいて、こうして景色を眺めていることと自体、不思議な気もした。

かくして二年。私は幼いころ住んでいた京都の古い町である西陣に居を定め、非京都的なニュータウンを通りぬけた向こう側にある日文研に通勤するようになった。距離感は幻想をはぐくむものである。日常のなかで距離感はだんだんと薄れ、日文研もちっとも遠いと思わなくなりつつあるけれども、なんとかして、日文研をわが幻想空間としていつまでも生かしつづけたいと、眺めのいい部屋から風景を眺めながら、いつも思うのである。

(『日文研』一七「創立十周年記念特別号」一九九七年五月)

センチメンタル・ジャーニー

私の今の住まいは、西陣のどまんなか、むかし通っていた小学校のすぐそばにある。昨年(一九九五年)四月、十九年つとめた金沢大学から、京都の桂坂にある国際日本文化研究センターに移ったとき、さてどこに住もうか、迷いに迷った。けっきょく今のところに落ち着いたのは、なんといっても土地勘があるためだ。ここなら、私が小学生時代に住んでいた家からも、中学入学と同時に引っ越し、金沢に赴任するまで住んでいた家(やや北の賀茂川の土手付近にあった)からも近く、すっとそのまま土地に溶け込むことができるにちがいない。

そう思って居を定めてからほぼ一年、この選択は基本的に誤っていなかったようだ。当年とって八十三歳の母は、私より一年あとにやはり金沢へ移り、かの地で十八年暮らした。その母とそれこそ浦島太郎のような気分で、むかし通った商店街に、たまに買い物に出かけると、驚いたような顔をして、母に声をかけてくる人がよくある。たいていは商店の年配の女主人である。ああ、見覚えのある人だなと、ボンヤリ記憶をたどっている私をしりめに、母たちはしげしげと相手の顔をみるや、「ほんとうにゼンゼン変わらない」などと言いながら、たちまち旧交をあたためている。なにしろ二十年近い歳月が経過しているのだから、変わっていないはずはないのにと、私は思わず笑いそうになってしまう。

それにしても、記憶のなかの商店街が今も変わらず、賑わいを見せているだけでもうれしいのに、こうしてかなり年配の女性たちが、二十年の歳月もなんのその、バリバリの現役で働いている姿を目のあたりにすると、ますます心丈夫になる。おかげで母も刺激を受けて元気溌剌（はつらつ）、以前通っていた美容院にも行くようになった。ちなみに、この美容院にも九十歳を越えた大先生がおられるとのこと。まさに世はあげて高齢化時代なのである。

というわけで、母のセンチメンタル・ジャーニーは、そのままうまく現在とつながりそうなのだが、私のほうはどうも過去と現在の間に落差がある。先日も、通っていた小学校の裏手にある八幡宮で、恒例の秋祭りがあるというので、いそいそと出かけた。四十年前、このお祭りの日には、道の両側にぎっしり露店が並び、興奮の極に達した子供であふれかえっていた。私も放課後、露店に出ている手品の玩具が欲しくてたまらず、家に飛んで帰って小遣いをもらったこともある。その手品の玩具は露店のオジサンが操ったときには、確かに動いていたのに、あとから一人でやってみると、どうしても動かず、ずいぶん悲しい思いをしたのだけれども。

だが、四十年後のいま、露店は鳥居の前に一軒出ているだけ。高齢の方がポツポツ見えるだけで、子供などどこにもいない。町なかは子供が減り、祭りもすっかり淋しくなってしまったのだ。私のセンチメンタル・ジャーニーは、こうして祭りのあとの淋しさを、つくづく実感させられる羽目になった。

(『京都新聞』夕刊「現代のことば」一九九六年九月二五日)

比叡山を眺めつつ

西陣に住んでいたころの私の楽しみは、自転車に乗って路地から路地を走りぬけ、小さな冒険旅行をすることだった。そんなとき思いがけない方角から比叡山が姿を現し、息をのんで見ほれてしまうこともよくあった。夜は夜とて、なにしろ日本映画の全盛時代だったから、家族の誰かについて、ほとんど毎晩、千本界隈に軒を連ねていた映画館に通いつめた。自転車と映画と、京都西陣で過ごした私の黄金の幼年時代である。

中学入学と同時に、北の郊外、賀茂川の土手の近くに転居し、映画館通いの方は終わった。しかし中学も高校も自転車通学するなど、自転車には乗りつづけた。季節や天候や時間に応じて、微妙に色を変える比叡山を眺めながら、自転車を走らせていると、どんなときでも心がなごみ、幸福感を感じたものだ。

それから長い時間がたった一九七六年四月、私は京都を離れて金沢に赴任し、以来十九年、かの地に住んだ。昨年四月、京都にもどって来た当初は、ビルがそびえ車の量も格段にふえて、町の表情がガラリと変わったためか、なかなか京都にもどった実感がつかめなかった。しかし、懐かしの西陣に居を定めたある日の夕方、街路樹の間から、紫色に輝く比叡山がすっくとそびえたつ姿を、目の当たりにした瞬間、私ははじめて、ああ京都に帰って来たのだと、泣きたいような気分になった。

こうして、ふたたび比叡山が見える町に、住めるようになったことがうれしくて、私はまたまた自転車に乗るようになった。しかし、昔とちがって車が多く、うっかり追憶に浸ったり、比叡山に見とれたりしていると、命を落としかねないありさま。ならばと歩道を走ろうとすると、自転車道路の表示がある箇所に、デンと車が居座っているため、歩行者用の部分を走らざるをえず、歩いている人の迷惑になること、おびただしい。京都にとって、遠大な未来計画も必要だろうが、まずは自転車道路と歩行者道路を厳格に区別し、考えごとをしながら歩いたり、比叡山に見ほれながら自転車に乗ったりすることができるよう、道路のシステム作りを急ぐべきではないかと、いつも思う。京都は歴史的記憶の重なりを内包している町だ。こんな危ない道路事情では、その記憶の重なりも徐々に失われてゆきかねないと、せっかく京都に帰りながら、自転車にさえ乗りあぐね、私はつい「危機感」を抱いてしまうのである。

（原題「わが懐かしの京都」。『京都新聞』一九九六年一一月一日）

（編者注）「紫色の比叡山」については、中学一年生の時に「教室の窓から」という文章で、「山紫水明という言葉通り、時折けむったような、紫色になる比えい山は、やさしく、優がな、京の女の人のような感じがする。又濃紺に近い、緑色の時の比えい山は、力強い、重厚な、男の人のような感じがする。淡く、うすく、ほんのりとした比えい山は、落ちついた昔ながらの古い日本を思い出させる。このように、比えい山は、日によっていろいろな色に変化する。私は紫色の、比えい山が特別すきだ。そのわけは、しっとりと古びた京都と、ゆうがな紫の比えいとが、ぴったりとマッチして、何とも云えぬ、風がな情緒をかもしだすからだ」と述べている（『前進』第四号、京都学芸大学付属京都中学校学友会、一九五七年三月）

［日文研に勤めながら］

いまどきの北京

さきごろ北京に行った。このまえ行ったのが一九七六年十二月だから、なんと十九年ぶりである。そのときは、上海、蘇州、南京、西安から、延安を経て北京に入った。文革が終わった直後だったから、町はどこも人は多いのだが無彩色で、三週間ほどの日程を終えて日本に帰ったときには、色彩の氾濫で目がまわりそうになった。あれから十九年、北京の変ぼうぶりは聞きしにまさるものだった。

勤務先と北京大学のシンポジウムに参加するのが目的だったので、四日間、朝早くから夕方まで会場に詰めきりで、ゆっくり町を歩く時間もなかった。しかし、宿泊先のホテルに入った瞬間、おおげさに言えば、中国の変化を実感した。広くゆったりした清潔な部屋。洗面所には日本のホテルと同様、真新しいせっけん、シャンプー、リンス、くしがならべられ、コックをひねればふんだんにお湯が出る。七六年のときは、ホテルにかような備品はいっさいなく、夜がふけると、いくらコックをひねってもお湯は出なかった。

翌日、北京大学に向かうバスから見た風景にも、ただただ仰天するばかりだった。北京大学は北京の西北郊外にあるのだが、この一帯が新しい商業地区になりだしているとかで、工事中のビルが林立し、そのすき間をありとあらゆる種類の個人商店がぎっしり埋め尽くしている。道路は車と自転車と人の渦。奔騰する経済志向のすさまじいエネルギーを目のあたりにして、ぼう然とするばかりだった。十九年前、このあたりには商店など一軒もなく、静寂のなかに凍りついていた。

驚きはこれにとどまらなかった。たまたま時間が空いた夜、散歩をかねて、ずっと気になっていた、ホテルの近くの「当代商城」という、できたばかりの巨大なデパートに出かけてみた。ちなみに「商城」は、日本風にいえば「プラザ」といったところか。華麗な売り場には、衣類や食料品は言わずもがな、パソコンから茶わん洗い器までなんでもそろっている。まったく日本のデパートそこのけだ。値段は中国の人の平均的な収入から考えればずいぶん高いが、買い物客は多い。高価な商品を平気で買える裕福な階層が、増えているということであろう。

絢爛豪華な「当代商城」からの帰り道のこと、いつのまにやら道端に、裸電球をつるした露店がびっしり立ち並んでいる。サンザシのあめを売る店、レバーの串焼き屋、古着屋、外国たばこを売る店。まるで祭の夜の雑踏だと思った瞬間、遠くから太鼓の音が響いてきた。何事かと暗やみのかなたに目を凝らすと、大通りの一隅の小広場で、踊っている人々の姿が見えた。いずれもかなりの年配の人たちが、太鼓に合わせて、太極拳に似たゆっくりした仕草で、体を動かしている。

ネオン輝く「当代商城」の足元の暗やみには、露店がひしめき、黙々と踊りつづける老人たちがいる。いまどきの北京は、得体の知れない熱っぽいエネルギーが乱反射しているのである。

（『日本経済新聞』夕刊「プロムナード」一九九六年一月五日）

わがいとしの自転車

私は車の運転ができない。しかし、自転車なら得意だ。小学校二年のころ乗れるようになったから、キャリアは四十年を超す。最初、私の無謀な性格を危ぶんだ父はどうしても自転車を買ってくれず、仕方なく友だちに借りて練習した。ようやく乗りこなせるようになったころ、ちょうど学校で、なんでもいいから「乗り物」に乗って、登校するようにという話があった。たぶん社会科の実習かなんかだったのだろう。

当然、自転車をもっている子は乗って来るにきまっている。しつこく頼んでも、父は頑として買ってくれない。アタマにきた私はとんでもないことを思いついた。物置にあった埃（ほこり）だらけの三輪車をひっぱり出し、それに乗って学校に行ったのだ。私の通学していた小学校は家から遠く、バスで四停留所分ほどあった。

それを三輪車で走破したのだから、文字どおり難行苦行、片道一時間半はゆうにかかった。ヘトヘトになって家にたどりついた私の姿に呆れはてたのか、父はとうとう二十二インチの小さな自転車を買ってくれた。死にもの狂いの実力行使の輝かしい成果である。

それからというものは、勇んで自転車を乗り回し小さな冒険旅行を繰り返した。当時、京都の西陣に住んでいたので、路地から路地をくぐりぬけて町中を走り回り、ときには北野天満宮から、金閣寺、大徳寺あたりまで遠征した。この記念すべき最初の自転車は、私があまりに酷使したのと、家にいた大きなシェパード犬がジステンパーにかかったとき、荷物台に乗せて動物病院に通ったせいで、四年たらずのうちに壊れてしまった。

中学に入学すると同時に、新しい大人用の自転車を買ってもらった。そのころ、家も西陣から京都の北の郊外に引っ越し、路地をたどる楽しみもなくなったので、さすがにもう遠征はしなくなった。それでも、中学、高校の六年間を通じて、ずっと自転車通学をつづけた。

この不安定な年齢の時期、風をきって自転車を走らせながら、季節や天候により、微妙な変化を見せる比叡山を眺めていると、いつもふっと心がなごんだ。

大学に入って以後、なぜかパタリと自転車に乗らなくなった。私の自転車熱が再発したのは、十五年前、私が自転車に乗ることを最後まで嫌った父が亡くなった翌年のことだった。いま乗っているボロボロの自転車はそのとき買ったものである。

去年の春、十九年勤めた金沢大学から、京都の国際日本文化研究センターにうつったときも、引っ越し荷物といっしょに大事にトラックに乗せてきた。ちなみに、いまの私の住まいは、三輪車でデモンストレーションした小学校のすぐ近くにある。
わがいとしのボロ自転車を走らせ、見え隠れする比叡山を横目にひっかけながら、昔ながらの路地を通りぬけるとき、つい四十年前にタイムスリップしそうになる。私は方向音痴なのだが、この界隈では方向感覚が冴えわたり、けっして道に迷うこともない。

（原題「自転車」。『日本経済新聞』夕刊「プロムナード」一九九六年一月二六日）

雪の連想

寒波襲来、京都もうっすらと雪が積もった。きっと金沢は深い雪のなか、しんしんと降り積もっていることだろう。去年（一九九五年）の春まで、十九年間、私は金沢にいた。近年めっきり降らなくなったとはいえ、いったん降りだすとやはり大変だった。通勤のバスは待てどくらせど来ない。地下水をくみ上げて路上の雪を解かす文明の利器、融雪装置があだとなって道路は水びたし、うっかりすると車のはねあげる泥水を、頭からかぶる羽目になる。というわけで、さんざん雪には悩まされたけれど、深夜、異様な静けさに気づいて窓をあけてみると、あたり一面、雪けむりに包まれ、音もなく雪が降りしきっている。そんな雪ごもる金沢の風景をながめているのは、とても好きだった。

華北・江南を問わず、中国の雪は、たっぷり水分を含んだ金沢の重い雪とはちがい、軽くてサラサラしている。かつて北京で、風に吹かれ、路上から空中高く舞い上がる雪を見たことがある。中国の雪は下から上へ降るんだ、と、そのとき私は仰天した。

四世紀、東晋の貴族社会を中心舞台とする、エピソード集『世説新語』にも、雪にまつわる話が見える。「書聖」王羲之の息子、王徽之（きし）の雪の夜の奇行は、その代表的な例である。王徽之は雪景色をめで、酒を飲んでいるうち、ふと気の合う友人と会いたくなり、さっそく夜中に小舟に乗りこみ、友人のもとへと向かった。一晩がかりで到着し、いざ門まで来ると、なんと彼は中に入らず、そのまま引き返してしまった。興に乗じて出かけて来たものの、時間がたつうち興が尽きたので、もう会うまでもないというのが、その理由だった。自由奔放をもって鳴る奇人、王徽之の面目躍如たる話だが、こうした彼の奇行も、見慣れた世界を異化する雪の作用によるものといえよう。

のちに王徽之の兄嫁となった謝道蘊（しゃどううん）にも、雪にまつわる逸話がある。東晋王朝の大立者だった叔父の謝安（しゃあん）が、ある雪の日、一族の子女に向かって、「ハラハラと降る雪は何に似ているかな」とたずねた。すると甥の一人が答えた。「塩を空中にまけば少し似ている」。子供っぽくも即物的な比喩だ。これにつづいて、聡明な姪の謝道蘊がサラリと言ってのけた。「もっと似ているのは、柳のわた毛が風に吹かれて飛ぶさま」。いかにも詩的で美しい比喩である。ちなみに、この才気煥発の少女、謝道蘊の夫になった王凝之（ぎょうし）は、弟の王徽之に輪をかけた奇人であり、妙に間の抜けた人物だった。あきれた謝道蘊は、「この世に王さんみたいな人がいるとは、思いもよらなかったわ」と、嘆くことしきりだったという。

王徽之の雪に憑（つ）かれた風流三昧にせよ、謝道蘊の雪を風に舞う柳のわた毛になぞらえた詩的比喩にせよ、サラサラと乾いた中国の雪ならではのものだ。ベッタリ濡れて重い金沢の、否、日本の雪ではとてもこうはいかない。やはり文化と気候は、わかちがたく結びついたものなのであろうか。

（『日本経済新聞』夕刊「プロムナード」一九九六年二月九日）

とりかへばや物語

私の勤務先の日文研は、京都の西南、桂にある。住まいは市内の北の方にあるので、バス、私鉄、またバスと乗りついで行かねばならない。もっとも私は近年ずっと、年甲斐もなくアメリカン・ロックに凝っているので、ゆっくりヘッドホンステレオを聞けるのが、むしろ楽しみであり、長い道中もさして苦にならない。ヘッドホンステレオを聞きながら、見るともなくバスや私鉄の乗客をながめていると、時々、仰天するような光景にぶつかることがある。

つい先日、私鉄の車中で座っていた私の前に、大学生らしい女の子が二人乗り込んで来た。一人はロングヘア、もう一人はショートカットにきれいなイヤリングを付けている。二人ともすその方にフレアが付いたロングコートを着ており、スラリとした背格好もほとんど変わらない。

このごろの子は着こなしが上手だなと思っていると、ショートカットの方が「おれは……」と言い始めた。このごろの女の子は男言葉を使うとは聞いていたが、それにしてもどうも声が太い。そこで、まじまじと観察すると、なんとのど仏があるではないか。彼女（彼？）はまぎれもなく男なのだ。顔だちから身のこなしまで、どう見ても女の子なのに。やがて、二人は仲よく手をつないで下車して行った。まさにボーダーレスを地でゆく二人の後姿を、私はぼう然と見送るばかり。

男女のとりちがえをテーマにした物語といえば、平安時代後期の『とりかへばや物語』が、まず念頭に浮かぶ。さる貴族の家に男君と女君が生まれた。顔かたちはそっくりなのに、性格は正反対、男君のほうが女っぽく、女君のほうが男っぽかった。そこで、男君が女、女君が男として育てられることになる。こうしてジェンダーを交換した二人は、数奇な運命をたどったあげく、最後にようやく女装の男君と男装の女君が、そのまま入れかわり、大団円となるというものである。

中国にもやはり『とりかへばや』に類した物語がある。ただ、こちらの方は、だいぶ時代が下り、十七世紀初めの明末、馮夢龍が編集した三部の短篇小説集「三言」に見える話である。「喬太守鴛鴦の譜を乱め点めること」と題されるこの話では、うり二つの姉弟が入れかわることになる。

姉の結婚の直前、相手方に問題があることが判明する。だが婚礼の時は迫り、窮余の一策として、姉のかわりに弟が変装して花嫁となり、とりあえず婚礼をあげる。婚礼だけすませ、すぐに実家にもどる算段だったのが、女装した弟がひょんなことから、新郎の妹と恋仲になってしまう。かくして巻きおこされた珍騒動のはてに、姉はもともとの相手と、男にもどった弟はその妹と結ばれ、ハッピーエンドとなる。

こうして日本・中国を問わず、昔の男女とりかへばや物語は元の姿に立ちかえり、めでたく終わるわけだが、先のロングヘアとショートカットのようにジェンダーを無化し、境界を溶かして接近しあう、現代の若き男女の先行きは、はてさていかがなものであろうか。

（『日本経済新聞』夕刊「プロムナード」一九九六年三月八日）

なんと呼ぶか？

近ごろ、二十代から三十代にかけて、自分の配偶者を指して、夫のことを文字どおり「夫」といい、妻のことを「奥サン」という人が多い。私は、「女房」という呼び方からは、平安朝時代の、髪を長々とおすべらかしにした、宮廷の女官の姿をつい思いうかべてしまうし、「家内」や「家人」といった呼び方を聞くと、妻が三つ指ついて夫を送り迎えする、時代劇の世界を反射的に連想してしまう。かといって、「うちのカミサン」という言い方もあまり好きではない。コロンボ刑事じゃあるまいしと、憎まれ口の一つもたたきたくなるのである。ちなみに「妻」という言い方も、刺し身のツマを思わせるので、ゾッとしない。

というわけで、夫たる者が他人に向かって、自分の妻を指して言う従来の呼び方には、いずれも違和感があり、まず感覚的に拒否してしまうのだが、「奥サン」という呼び方は嫌いではない。これだけは女房、家内、家人、カミサン等々につきまとう、従属的なイメージに汚染されていないように思われるのである。単なる幻想かも知れないけれども。

ただ、やっかいなのは「夫」の方だ。「主人」「旦那」という言い方はもちろんいただけないのだが、かといって、「私の夫は…」という言い方を聞くと、つい「オットドッコイ」と半畳を入れたくなってしまう。私自身は、長らく「亭主」という言い方を愛用してきたが、最近、これも古色蒼然という印象がつよい。

オットドッコイというわけにもいかず、近ごろは、どうしても人に向かって、夫のことを言わねばならぬ羽目になったときは、「あっち」とか「むこう」とか、はなはだ曖昧模糊とした言い方をするのが常だ。

すんなり今風に「夫」といえず、こんなにこだわるところを見ると、いよいよ私も古い世代になったということだろうか。だとすれば、自分の妻のことを「奥サン」などとは、口が裂けてもいえそうにない化石世代の男性たちにも、同情の余地がなくもない。

現代中国では中華人民共和国が成立してからついこの間まで、夫であれ妻であれ配偶者は一様に、「愛人（アイレン）」と呼ぶのが一般的だった。しかし、「同志（トンジー）」という言い方が急速に廃れるのと軌を一にするかのように、この言い方も今や死語になりつつある。ただ、中国では数千年の昔から現在に至るまで、終始一貫、慣習として夫婦は別姓である。だから「愛人」が死語になっても、おたがいを指すときに相手の姓名をいえば、それですんでしまう。

私の知り合いの中国人夫妻の場合、今かりに夫の姓名を王慶（ワンチン）、妻の姓名を李玉（リーユイ）とすれば、妻の李玉さんは夫を指して端的に「王慶」といい、夫の王慶さんは妻を指して、ややていねいに「李さん」という。暗黙のうちに、夫婦の力関係があらわれていてほほ笑ましいが、はじめて彼らのこの言い方を聞いたとき、とても新鮮だった。「奥サン」でもなく「夫」でもなく、明確に相手を名指しする言い方がごく自然にできる彼らが、ほんとうにうらやましい。

（『日本経済新聞』夕刊「プロムナード」一九九六年四月一二日）

筍

寒さの余韻が残ったせいか、今年（一九九六年）は筍の生育もおくれ気味だった。先日、ようやくシュンになったと、知り合いからみごとな筍をもらった。京都の筍の名産地長岡京のものだ。京都はどういうものか、筍や松茸ひいてはどんな野菜にも、「はんなり」とした味わいがあり、えもいわれずおいしい。十九年の金沢暮らしを経て、昨年四月、京都にもどり、やはり先の知り合いから筍をもらって食べたとき、しみじみ京都の味だと実感した。

筍をくれた知り合いは、高岡から京都西陣の小学校に転校したときの同級生である。彼は私の今の勤務先の近くで、産婦人科医をしている。昨年、それこそ四十年ぶりに、いきなり巨大な筍をぶらさげて、彼が私の研究室にあらわれたときは、ほんとうに仰天した。しばらくまじまじと顔をながめているうち、ようやく昔の面影を見いだし、たちまち四十年前にタイム・スリップしたのだった。

タイム・スリップといえば、私の今の住まいは、西陣のどまんなか、高岡から転校してきた小学校のすぐ近くにある。このあたりは車の往来こそ増えたが、町並みそのものは、四十数年前とほとんど変わらない。それどころか、山名宗全の屋敷跡や激戦地の小川(こかわ)など、至るところに約五百年前の応仁の乱の遺跡がある。今は水の流れていない小川を眺めていると、不思議な既視感にとらわれ、合戦のどよめきが聞こえてくるような気がする。

京都の古い町西陣は、何層も何層も積み重なった過去の時間帯の上に成りたっている。四十年前の同級生がくれた筍を、ほかならぬ西陣のマンションで食べていると、現在と過去の境界がますますあいまいにぼやけてゆく。京都の野菜の微妙な味わいもまた、長い歴史をとかしこんだ土によって、育まれたのかも知れないと、ふと思ったりする。

それにしてもシュンの筍はほんとうにおいしい。中国の筍好きといえば、北宋の大詩人蘇東坡（そとうば）だ。蘇東坡は党派抗争の渦中で何度も流刑されたが、いかなる苦境に陥ってもめげることなく、楽しく生きる方法を見いだす人生の達人だった。

最初の流刑地黄州（湖北省）で作った、「初めて黄州に至る」という詩にも、生活をエンジョイしようとする姿勢が顕著にみえる。

「長江　郭を遶（めぐ）りて　魚の美なるを知り、好竹　山に連なり　筍の香（かんば）しきを知る」と。

「ここは長江が城郭をめぐっているから、うまい魚が食べられるだろう。すばらしい竹やぶが近くの山々に広がり、もう筍の香りがただよってくるようだ」と、食いしん坊の蘇東坡は流人の身を忘れて、はや生つばを飲み込む。

いついかなるときも陰にこもらない、この自由闊達（かったつ）な詩人、蘇東坡は、私のもっとも好きな詩人の一人である。すこぶる付きの筍好きであるところが、またなんとも好ましい。

（『日本経済新聞』夕刊「プロムナード」一九九六年五月一〇日）

奇人趣味

私はどういうものか、素っ頓狂な奇人・変人に興味をひかれる。長い中国の歴史のなかで、魏、晋と明末の時代をことに面白いと思うのも、これらがおのおの特記すべき奇人群を生んだ、転換期だからかも知れない。

奇人は大好きだけれども、私自身はいたって常識的な方だと思う。しかし、自覚とはうらはらに、もしかしたら私も相当ヘンなのかも知れない。大学時代、非常に頭のいい同級生がいた。勉強ができるだけでなくて、話をしてもとても面白い。ただ、万事につけどこか奇妙キテレツで、私はつねづね「こんな変わった人は見たことがない」と、思っていた。

ところがある日、その彼女がまじまじと私をみつめながら、こう言ったものだ。「私は今までたくさん友だちがいたけれども、井波サンみたいに変わった人は見たことがないわ」。ショックだった。以来、私は中国の奇人伝を読んで大笑いしながら、ふと我にかえり、彼女の言葉を思いだしてしまう。

それはさておき、同じく浮世ばなれのした奇人とはいえ、「竹林の七賢」を代表とする三、四世紀の魏、晋の奇人と、十六、七世紀の明末の奇人とでは、やはり大いに異なる点がある。前者が「反俗性」を誇示するのに対して、後者は俗も反俗も度外視して、ひたすら自らの好みのままに生きようとする。

たとえば、「竹林の七賢」は、人気（ひとけ）のない竹林のなかで、清談（哲学談義）をすることに無上の喜びを覚えるが、明末の奇人の一人である張岱（ちょうたい）などは、大勢の人がドッと繰り出す祭や市を好み、物見遊山に明け暮れるという具合である。魏、晋の奇人は田園志向、明末の奇人は都市志向といってもよかろう。

張岱ほどではないが、町育ちのせいもあり、私も適度に買物客でにぎわう町をぶらつくのが好きだ。長年住んだ金沢には、近江町という市場があり、迷路のような露地に沿って、魚屋さんや八百屋さんが軒を連ねていた。観光客もまばらな雪の季節、甘海老や蟹がふんだんに並んだ店先を一軒一軒ゆっくりのぞきながら、近江町を歩くのがなによりの楽しみだった。

昨年四月、京都にもどってからは、暇があれば自転車に乗って、今日は東、明日は西と、そこここの商店街に遠征するようになった。幸い京都には、至るところに昔ながらの商店街があるから、商店街から商店街へとハシゴして、好みの魚屋さん、お菓子屋さん、寿司屋さん、雑貨屋さん等々をのぞいてまわる。

どの商店街にもそれぞれ癖があり、独特の匂いと雰囲気がある。それぞれの町のざわめきに浸っているうち、なんだかいい気分になり、元気になってくる。やっぱり私は、ちょっとヘンなのかも知れない。

実は、私の勤め先の日文研にも、竹林の七賢や張岱もびっくりの愉快な奇人がヤマとおいでになる。奇人趣味の私としてはうれしくなってきて、現代奇人伝が書けそうな気がしたりするが、それはまた後日の楽しみとして、おあとがよろしいようで、今回はこれにて打ち止めとする。

(『日本経済新聞』夕刊「プロムナード」一九九六年六月二八日)

現代稀有の真の「文人」——杉本秀太郎氏

杉本秀太郎氏は今年（一九九六年）の三月、京都の国際日本文化研究センター（日文研）を定年退職された。私が金沢大学から日文研に移ったのは、昨年の四月だから、けっきょく一年だけごいっしょさせていただいたことになる。しかし、この一年、右も左もわからない新米の私にとって、杉本さんの存在は実に大きかった。

といっても、杉本さんはけっしてあれこれ人に物を教えるようなタイプの方ではない。そもそも、どうしても出なければならない会議でもなければ、杉本さんは日文研に現れないのだ。私はよくない癖があり、会議というとすぐ居眠りしてしまう。だから新任早々、会議中ついウトウトしたことも一度や二度ではない。そんなとき、我にかえりあたりをみまわすと、悠然と船を漕いでおられる杉本さんの姿が目に入り、ホッとすることもしばしばだった。むろん杉本さんはいつも悠然と眠っておられるわけではない。ここぞというときには、しっかり気色ばみ、辛辣きわまりない比喩を駆使して、言うべきことははっきりとおっしゃる。これがまた実にいいのである。

じっさいにお話しさせていただくようになったのは、日文研に赴任してからだが、『杉本秀太郎文粋』（全五巻。筑摩書房刊）にみえるとおり、フランス文学や日本の古典文学はいわずもがな、京都、絵画、音楽、花、蝶と多様なジャンルにわたるご著書を通じて、私の方ではずっと前から杉本さんのことはよく知っていた。また、桑原武夫先生や、私の中国文学の大先輩で先生でもある高橋和巳氏（杉本さんと同級生）から、しばしば杉本さんのお噂をうかがったこともある。そんなこともあって、杉本さんとお話ししていると、今は亡き方々のイメージがいつしか重なり、とても懐かしい気持ちになる。

懐かしい居眠りの達人杉本秀太郎氏は、知れば知るほど奥行きの深い人である。絵を描いてもピアノを弾いても玄人はだし。かと思えば、京都の旧家に息づく町衆の心意気を発揮され、裃（かみしも）をつけて祇園祭の山鉾巡行のお供もされる。この方のなかには、途方もない古さと尖鋭きわまりない新しさ、京都とパリ、音楽と絵画等々が、絶妙のバランスを保って共存している。権威や権力などてんから問題にせず、自分の好みに徹して生きる杉本さんの姿を見ていると、これが真の「文人」というものではないかとつくづく思う。現代稀有の文人、杉本秀太郎氏と縁あってお近づきになれたことを、私はとてもうれしく思っている。

（『週刊読書人』「わが交遊」一九九六年九月一三日）

まさしく腕のいい猟師――礪波護氏

私には、十人ほどの「中国友だち」がある。今から二十年まえ、一九七六年の暮れから翌年の一月にかけて、いっしょに中国を旅行した人たちである。この旅行のメンバーは、京大人文研の東洋史関係者が多かったが、当時、金沢大学に赴任したばかりの私も仲間に入れてもらい、約三週間の日程で、上海・蘇州・南京・西安・延安・北京を見てまわった。文革の直後だったので、観光客など皆無、どこのホテルに行っても我々一行のほか人影もない。今では想像もできないような、森閑とした雰囲気のなかで、私たちはゆったりと中国の旅を堪能することができたのだった。

こうして三週間もいっしょに旅し、朝な夕な顔をつき合わせて親しくなるにつれ、同行の人たちのユニークな性格や癖がだんだん露わになってくる。そんな「中国友だち」のなかでも、礪波護さんはきわだった存在であった。今や京大東洋史研究室を背負って立つ大家となられた礪波さんも、当時はまだ三十代後半（私より七つ上）の「少壮学者」だった。

この「少壮学者」は身長一八〇センチ、体重八十キロ余り（当時）と非常に体格のいい人で、とにかくよく食べる。それも華々しくドンドンばりばり食べるというのではなく、黙々しずしずと、いつのまにか大量の食物を摂取されるのである。旅の途中でこれに気がついた私は、ほかに観光客もいなかったおりから、行く先々で出る料理がどれもとびきり美味しかったせいもあって、礪波さんと同じだけ食べなければ損だなどと、ヘンな対抗心をおこしてしまった。だが、残念ながら、私は体が小さく、体重ときたら礪波さんの半分もない。そこで一計を案じ、とうとう穀物をいっさい口にせず、おかずだけを食べ続け、ひそかに礪波さんと張り合ったのだった。

この旅の間、礪波さんはことさら捜すという風情でもないのに、ヒョイと珍しい本や資料を見つけだされ、その「戦利品」を見せられて羨望にとらわれたことも、しばしばだった。好奇心がつよくて勘がよく、美味なる食物をさりげなく大量に摂取されるのと同様、大事なものはけっして見逃さず、すばやく根こそぎ獲得されるのである。その目のよさには、まさしく腕のいい猟師を思わせるものがある。

中国の旅から二十年、時たまわが家にお招きすると、礪波さんは私の作った茶碗蒸しを必ず二椀召し上がったあと、おもむろに鞄から最近の「戦利品」を取り出し、亭主と私を死ぬほど羨ましがらせるのが習いとなった。

（『週刊読書人』「わが交遊」一九九六年九月二〇日）

毒を含んだ美に鋭さ——倉本四郎氏

倉本四郎さんとは、三年ほどまえ初めてお会いした。拙著『酒池肉林』を『週刊ポスト』の書評で取り上げてくださることになり、相棒の編集者、唐沢大和氏といっしょに、はるばる金沢まで来てくださったのである。

最初、私はどういうものか、倉本さんは私よりずっと年上の人だと思い込んでいた。だいたい私は年齢の自覚がまったくなく、初対面の人は誰でも自分より年上だと思う癖がある。仕事疲れの顔が鏡にうつったとき、愕然と「自覚」することも稀ではないが、つごうよくすぐ忘れてしまうのだ。そんなわけで、倉本さんも年上の人だと思い込みながら、話しているうち、なぜか幼な馴染みの同級生と久しぶりに会っているような気がしてきた。倉本さんの言葉使いや会話のテンポ、さらには雰囲気そのものが、きわめて懐かしいものに思われたのである。そこで、おたずねしてみたところ、四十三年生まれです、とのこと。私は四十四年の早生まれであり、してみると同学年ではないか。聞けば、同行の唐沢氏も四十四年生まれとのこと。かくして、同世代三人は大いに盛り上がり、楽しい時間をすごしたのであった。

これがきっかけになり、倉本さんから著書をいただくようになった。倉本さんは、文字どおり博覧強記、恐るべき物知りであるうえ、会心作『フローラの肖像』に顕著なように、とりわけ魔的なもの、毒を含んだ美に対する感性の鋭さには、瞠目すべきものがある。その博識と鋭敏な感性が交錯する著書を読ませていただくたび、私は鏡のなかの世界に迷い込むような、不思議な感覚にとらわれる。のみならず、倉本さんはブラックユーモアのセンスもずばぬけており、荒俣宏氏との大放談『マタさんクラさん　世紀末でたとこ膝栗毛』では、このセンスが縦横に発揮されている。私はこのすこぶるおもしろい本を読みながら、深夜というのに、ケラケラと高笑いしてしまい、思わずあたりをみまわしたことであった。

つい最近、唐沢氏ともども、今度は京都で倉本さんとお目にかかる機会があった。倉本さんは初対面のときより若くなられたように見えたが、ふと「このごろ足の裏がザラザラして困る」と述懐された。そんなことがあるだろうかと思いながら、お二人と別れて家に帰ったあと、何気なく足の裏をさわってみた。すると、あろうことか、私の足の裏もいささかザラついているではないか。やはり同世代なのだと、納得することしきりだった。

（『週刊読書人』「わが交遊」一九九六年九月二七日）

いまも「古老少年」の風情――川本三郎氏

このごろ物忘れがはげしい。先日も大事な会議があるのを忘れ、家で片付け物をしていたら、勤め先から電話がかかってきた。二時から会議が始まるとのこと。時計を見たらちょうど二時。あたふたと駆けつけ、すっかり消耗してしまった。小学生のときから、ともすれば委員会や会議を忘れる癖があるけれども、最近はことにひどい。困ったことだと嘆いていたら、続いて中学と大学（教養部のクラス）の同窓会の通知が舞い込んできた。きっとみんな不安なのだと、なんだかおかしくなった。

川本三郎さんは、私と同じ一九四四年生まれである。川本さんの最近のエッセイには、自分を「古老」になぞらえ、あえて積極的に「ノスタルジー」を語ろうとするものが、まま見受けられる。これを読むと、私はいつも身につまされ、思わずニヤリとしてしまう。老いの先取りだ、と。とはいえ、わが敬愛する博覧強記の独文学者にして、温泉フリークの池内紀（おさむ）さん（池内さんは一九四〇年生まれ）が、ちょっぴり年上の余裕でサラリと、「そうは簡単に悟れないものよ」とおっしゃるように、「古老」川本三郎の深層には熱いマグマが潜んでいる。近作の大著『荷風と東京』（都市出版刊）

はまさしく、その内なるマグマを、荷風という偉大なる冷却装置を通して、あざやかに結晶させた作品だと、私は思う。

私は川本さんの古い読者である。一九七七年刊行の『同時代を生きる「気分」』を読んで以来、同じ時間帯に生き合わせた者の深い共感を以て、川本さんの本を読みつづけてきた。私自身、子供のころから映画が大好きなことも、川本さんの本への親近感をいっそう強めた。こうして長い時が流れ、今から四年ほどまえ、川本さんの文章を引用させていただいた、拙著『中国のグロテスク・リアリズム』をお送りした。これがご縁となり、以来、川本さんが次々に出される本をいただくようになり、私も拙著をお送りするようになった。

お会いしたのは二度だけ。最初は三年余りまえ、さる雑誌の書評対談のとき。二度目は、つい先日、私の勤める日文研の講演会においでいただいたときである。日文研にあらわれた川本さんは、粋な帽子にスニーカーという軽快ないでたちで、「古老」というより「少年」の風情であった。この川本三郎という、鋭敏な感性とずばぬけた筆力をもつ「古老少年」と、「同時代を生きる気分」を共有できることを、積年の愛読者たる私はいま本当によろこんでいる。

（『週刊読書人』「わが交遊」一九九六年一〇月四日）

小学校授業の記

私はなんとはなしに雑談をするのは、けっして嫌いでないが、改まった席で話をするのは、どうも苦手だ。異様に緊張してしまうのである。しかし、そうも言っていられない事情もあり、ここ一か月ほどの間、いろいろなところに話をしに行った。なかでも、私の勤め先の日文研のすぐ近くにある桂坂小学校に行ったときには、つよい印象をうけた。日文研ではこのところ梅原猛前所長、河合隼雄現所長を皮切りに、スタッフが順番に桂坂小学校で授業をしており、私にもお鉢がまわってきたのである。

さて、どんなテーマで授業するか、迷いに迷ったが、けっきょく「三国志」の話をすることにした。「三国志」には、歴史（正史『三国志』）と物語文学（『三国志演義』）の両方がある。三国時代のアウトラインを説明しながら、歴史と物語の相違点にまで言及できればいいなと思いながら、当日、おっかなびっくり教室に入った。五年生のクラスだ。

私は二十年近く金沢大学に勤めていたので、授業をするのは、それなりになれている。しかし、小学生を相手に授業するのは初めてだし、おまけに子供もいないので、遠い記憶をたどって、自分の子供時代を思い出すより手がない。途方にくれて、前日、家で予行演習をしてみたが、「みなさん、こんにちは」と言ったきり、後がつづかないありさま。

だが、案ずるより生むがやすし。いざ教室に入り、好奇心あふれる子供たちの顔を見た瞬間、なんだか楽しくなってきた。黒板に地図をかいたりしながら、必死で話しているうち、あっというまに終業のチャイムが鳴った。どれだけわかってもらえたか、はなはだ心もとないけれども、一生懸命聞こうとしてくれたことがうれしく、ドッと押し寄せる疲労感も忘れるほどだった。

その日の夕方、帰途につくべく、桂坂小学校の向かい側のバス停に立っていると、校門から出て来た数人の女の子が、「アッ、井波律子センセイだ」と言ったかと思うと、大きな声でいっせいに、「今日はありがとうございました」と挨拶してくれた。なんという感激。「どういたしまして」と言いながら、私は思わず胸が熱くなった。

しばらくして、授業をしたクラスの子供たち全員の感想文が届けられた。そのなかに、「家には『三国志』の本があります。でもお姉ちゃんがあんたには難しいというので、ぼくは今まで読まなかったけれども、ぜひ読んでみたいと思います」というのがあった。どんな「三国志」の本だろう。いずれにせよ私の話を聞いて読んでみる気になってくれたとは、なんとうれしいことかと、私はまた感激したのだった。

桂坂はいま紅葉のまっさかり。紅葉に染まった坂道を歩いていると、小学校から子供たちの歓声が響いてくる。これまで単なる音でしかなかったその声のなかに、いまはふと子供たちの心の襞(ひだ)が見えるような気がする。

（『京都新聞』夕刊「現代のことば」一九九六年一一月七日）

（編者注）この授業の内容は、河合隼雄・梅原猛編著『小学生に授業』（小学館文庫、一九九八年）に収められている。その後、桂坂小学校ではさらに「中国の怪談」と『西遊記』の話をしており、前者については授業風景の写真が、後者については「井波先生、ありがとうございます」と題した生徒たちの寄せ書きが手元に残されている。

手ブラ恐怖症

私は「手ブラ恐怖症」である。外出するとき、もろもろのものを詰め込んだカバンや袋のたぐいを、持ち歩かないではいられないのだ。これぞまさしく「手ブラ恐怖症」、別名「荷物依存症」の典型的症状にほかならない。

思いかえせば、私の「手ブラ恐怖症」が始まったのは、はるか昔、小学生のころからだ。今はどうか知らないが、私の子供のころは、教科書、運動着、楽器、絵の具、画板、習字道具等々は、そのつど自宅から学校に持ち運んでいた。小さな体にいくつも重い道具を持ち、「荷物オバケ」みたいになって登校するのである。しかし、馴れというのは恐ろしいもので、荷物の少ない日は、忘れ物をしたようで不安になった。もともと忘れ物の多い性格なので、いっそう不安がつのるのだ。

こうして小学生時代に下地ができあがった私の「手ブラ恐怖症」は、自転車通学をした中学と高校の間は潜伏していたものの、大学に入り中国文学を専攻したとたん、爆発的に再発した。なにぶん中国文学はいろいろ本が必要だし、重い辞書も欠かせない。研究室の本や辞書を利用すればよさそうなものだが、それでは授業の最中、発音（中国音）のわからない字が出て来たときなど、とても間に合わない。読めないで絶句するときの恐怖を思えば、自分の本を持ち歩くしかない。かくして腕も折れよとばかり、ギューギューに本を詰め込んだカバンを後生大事に抱え、バス・電車と乗り継いでせっせと通学したのだった。

以来、私は「手ブラ恐怖症」にかかりっぱなしで、近年ますますひどくなってきた。いま、日文研に通勤するときも、背中には小道具を入れたリュック、肩にはずしりと重いショルダーバッグを欠かしたことがない。ちなみに、ショルダーバッグのなかには、研究室で読もうと思う本が数冊、原稿、フロッピー、折り畳み傘、ヘッドホンステレオ（電車やバスのなかでロックを聞く）等々が、ぎっしり詰まっている。むろん、こんなに本が読めるわけもないから、ただ持ち運んでいるだけだ。「手ブラ恐怖症」の典型的症状である。この「荷物オバケ」スタイルを見て、「ご旅行ですか」と聞く人が多いのには閉口するけれども、どうもやめられそうにない。

しかし、上には上があるもので、私よりはるかに重度の「手ブラ恐怖症」の例もある。以前、東京のあるテレビ局で、中国関係の特集番組を担当しているディレクターが来られたことがある。ちょっとした用事だったのに、なんとこの人はキャスター付きの大きなトランクを引いて、研究室に入って来られた。いかにも重そうだ。聞けば、すぐ東京にトンボ返りするけれども、こうしてトランクに全資料を入れ、持ち運んでいないと不安だとのこと。これには、さすが同病の私も呆れるやらおかしいやら。いや、人ごとだと笑ってはいられない。私もまかりまちがえば、キャスター付きのトランクを引いて通勤しかねないありさまなのだから。以て自戒すべし、である。

（『京都新聞』夕刊「現代のことば」一九九七年一月七日）

新しい器械

最近おくればせながら、電子レンジを買った。あたため専用のシンプルな型のものである。値段のほうは、電子レンジがはじめて出たころとは雲泥の差、信じられないくらい安かった。大正二年生まれ八十三歳の母の影響か、私はこれまで料理といえば、煮る、焼く、蒸す、炒める、揚げるといった「伝統的」な調理法こそ、ベストだとこころえ、レンジにはまったく興味がなかった。それが急に宗旨がえをした理由はいたって簡単、さるところで、電子レンジであたためた冷凍食品を食べたところ、これが意外に美味だったのだ。

この話をしたところ、母も多大なる興味を示し、家でも電子レンジなるものを買おうではないかと、相談がまとまった。そうとう値が張るだろうと心して、電器店に出かけたところ、先にも言ったように、これが拍子ぬけするほど安かったのである。今やわが家の冷蔵庫の冷凍室は、もろもろの冷凍食品ではちきれんばかり。取り出してはレンジであたため、老母ともどもあれこれ食べ比べる日々がつづいている。

私はもともと器械に弱いせいか、新しい器械というとまずおびえてしまう。このため、レンジのみならず、ビデオもＣＤプレーヤーもファックスも、普及し尽くしてから、ようやく手に入れた。私が買うころは、だいたいどの器械も改良が進んで、使いやすくなっており、値段も初期に比べて格段に下がっている。

もっとも、私とて新しい器械に飛びついて、大失敗したことがないわけではない。一九七六年、金沢大学に赴任したてのころがそうだった。金沢は冬が長い。雪がしんしんと降りしきる光景は、けっして嫌いではないが、なにしろ湿気が多くて洗濯物も乾かない。困りきっていたとき、ちょうど新たに除湿器と乾燥機が発売された。これだと思ってさっそく購入したが、なにしろ初期の製品なのではなはだ性能がよろしくない。除湿器は部屋を揺るがさんばかりの轟音をあげるし、乾燥機はシーツ一枚乾かすのに数時間もかかる。両方とも二、三回使っただけでこりごりし、あとは埃をかぶったままになってしまった。ゆめゆめ新しい器械に飛びつくまいと思うようになったのは、この苦い経験のせいもあるだろう。

器械のなかで、例外的にわりあい初期から今に至るまで、重宝しつづけているのは、ワープロである。使い始めて十年あまり、いま使っているワープロが三台目だ。ワープロの性能は日進月歩、いまの器械は、最初のものとは比較にならないくらい便利になっている。

そういえば、ワープロも出始めたころはずいぶん高価で、数十万円もした。聞くところによると、借金をして、もっとも初期のワープロを購入し、数年後、やっと借金を返し終わったときには、ワープロじたいは性能がわるくて使い物にならず、とっくの昔にお払い箱にしたあとだったという人もいるらしい。やっぱり、新しい器械にはおびえるくらいで、ちょうどいいのかも知れない。

（『京都新聞』夕刊「現代のことば」一九九七年二月二七日）

ダセキ騒動

私は根が丈夫で、子供のころから病気らしい病気をしたことがない。ただ、風邪だけはよくひく。この冬も、昨年十二月の初め、急に寒くなったとたん、案のじょう、大風邪をひいてしまった。これが長引き、ようやくすっきりしたのは、年が明けてからだった。ところが、このしつこい風邪から解放された直後、思いもかけぬ珍事に見舞われた。

私の勤め先の日文研で、新年の「仕事始め」にちょっとした昼食パーティがあった。これに出席し、喜んであれこれ食べている最中、急に左耳の周辺が痛くなってきたのが、そもそものはじまりだった。痛みはだんだんひどくなり、口も開けられなくなってきたので、御馳走に未練はあったけれども、しかたなく自分の研究室にもどった。何か食べた拍子に顎がはずれたのかとも思ったが、どうもそうではないらしい。それでも痛みをこらえながら、年末このかた、たまった用事をなんとか片付け、帰途についたのは、夕方だった。

私鉄・バスと乗り継ぐこと一時間余り、家にたどりついたころには、痛みはがまんできないほどはげしくなっていた。なんとかこの痛みを散らす術はないものかと考えているうち、半年ほど前、足を捻挫したとき、医者からもらった湿布薬がまだ残っていることを思いだした。そうだ、足の痛みに劇的にきいたあの湿布薬を張ってみよう。名案を思いついた私は、さっそくこれを左耳の下にベッタリ張りつけた。気のせいか、すぐに痛みはやわらいだ。だけど、なんだか変だ。左耳の周辺にボッテリ重い感覚がある。不審に思い鏡に映してみた瞬間、思わず腰が抜けそうになった。左耳下腺の周辺一帯がオタフク風邪のように、パンパンに腫れあがっていたのである。

オタフク風邪はたしか小学生のときにやった。オタフクでないとしたら、これはただごとではない。仰天した私は、とるものもとりあえず、近くで医者をしている中学時代の友人の病院に駆け込んだ。彼女は小児科でご主人が外科、二人でやっている病院だ。

縫いぐるみや絵本の並ぶ小児科の待合室で順番を待っていると、子供のころ泣く泣く病院に連れて行かれたときのことが、ふと記憶の底から蘇ってきた。五歳くらいのとき、おもしろがって豆を次から次に鼻につめこんでいるうち、息がつまりそうになったことがある。まっさおになった母に病院に連れて行かれる途中、くしゃみが出た。その拍子にめでたく豆が飛び出し、病院には行かずにすんだ。あのときのうれしさは忘れられない。

などととりとめのないことを考えていると、女医先生が診察室からあらわれ、腫れあがった私の耳下腺をみて、なんだ、これはと仰天しながら、丁寧に診察してくれた。やがて外科医先生も診察に加わり、なにやらしばし話し合った結果、二人そろってニヤリと笑いながら、これは「ダセキ」が炎症をおこしたのだとのたもうた。聞けば、「ダセキ」とは「唾石」、つまり唾液腺にできる石の由。これが原因で炎症をおこすと、オタフク風邪もどきに耳下腺まで腫れあがるらしい。大した病気ではないし、石が自然に落ちる場合もあるけれども、石が大きくなり炎症を繰り返す場合には、耳鼻咽喉科で簡単な手術をして石を除去しなければ、根治しないということだった。

とりあえず炎症どめの薬をもらって帰り、一、二回のんだら、嘘のように痛みは消え腫れもあとかたなく引いた。といっても、石じたいは残っているはずだから、またいつなんどき腫れあがってくるかも知れない。私もとうとう奇態な石持ちになったわけだが、できることなら、鼻につめた豆がくしゃみとともに転がりでたように、ダセキも手間暇かけず、自然に消滅することを願うばかり。

ともあれ、この新年早々のダセキ騒動では、身近に医者がいてくれてほんとうに助かった。ちなみに、私の専門としている中国で、医術が飛躍的に発達したのは、二世紀末から三世紀初めの後漢末である。この時代には、中国医学史上、極め付きの二人の名医も出現している。一人は『傷寒論』の著者で、内科的な対症療法の基礎を築いた張仲景であり、いま一人は、外科手術の名手とされる華佗である。できるだけ穏やかな方法で、自然治癒を促進する方向をめざした張仲景は地味な人だったのか、その生涯の軌跡はほとんど伝わらない。これに対し、華佗はメスをふるって派手な医術的パフォーマンスを繰り広げるかたわら、頭痛持ちだった「三国志」の英雄曹操の侍医として大活躍した。こうして名声をほしいままにしたものの、けっきょく華佗は曹操と対立して投獄され、非業の最期を遂げた。

いくら相性がわるくても医者を抹殺するのはどうかと思うが、すぐメスをふるいたがる華佗のような名医は、私だって願い下げだ。同じ名医でも、自然派の張仲景のほうがはるかに好ましいと、いまやダセキ持ちの私は、ついわが身にひきつけて、考えてしまうのである。

(『文藝春秋』一九九七年三月号)

変化の時代

私は京都に転居するにあたり、所帯道具をほとんど運んでしまったので、中はガランドウだが、住まいだけはまだ金沢に残してある。ここにのんびりしに行くのが、ささやかな楽しみなのだけれども、なかなか思うにまかせない。つい先日、ようやく時間がとれて金沢に行ってきた。七か月ぶりである。

金沢駅から私の住まいまで歩ける距離なのだが、荷物が多いのでいつもバスに乗る。ところが、今回は、馴れた調子で駅からバスに乗り込み、窓の外を眺めているうち、「乗りまちがえた」と、思わず焦ってしまった。見たことのない広々とした道路が通じ、道端に壮麗なビルがそびえ立っていたのである。一瞬、次の停留所で下りようと思ったが、考えてみれば、いくら慌て者の私でも、乗りまちがえるはずがない。そこで、もう一度よくよく窓の外の景色を眺めわたしたところ、見慣れた建物が確かにそこここに点在している。なんと七か月ご無沙汰していた間に、新しい道路が開通し、町の風景が一変していたのだ。

驚きはこれに止(とど)まらなかった。バスから下りて、住まいに通じる道を歩きながら、私はどこか勝手がちがう気分に、またまた襲われた。変だ、変だと思っている私のわきを、何台もの車がもの凄いスピードで走り抜けて行く。反射的に道路のわきに寄って、やり過ごした瞬間、はたと気づいた。この道はもともと一方通行なのだが、その方向が七か月の間に、逆になっていたのである。

風景は一変するわ、一方通行の方向は逆になるわで、すっかりショックを受けた私は、住まいに着くや、風を通して空気を入れ替えるのもそこそこに、目と鼻の先にあるデパートに買い出しにでかけた。ところが、ここにもショッキングな変化があった。十数年、通い馴れ、熟知していたこのデパートの地下食料品売り場が、いつのまにやら全面改装して面貌を一新、以前とは似ても似つかぬ姿になっていたのである。

わずか七か月の間に、これほどの変化がおこるとは。二十世紀も終わりにさしかかった今の時代では、何もかも息せききって変わってゆく。時間の流れる速度が比較的ゆったりしている金沢も例外ではないと、慨嘆しながら京都にもどってきた私は、数日前、またしてもショックを受けた。

私は二十数年来、ジーンズを着用しているのだが、数年前、ずっと愛用していたタイプのものが製造中止になって以来、なかなか気に入るものにめぐりあえずにいた。先日、ようやくこれならと思うものをみつけたので、もう一本買っておこうと、いそいそ買いにでかけた。ところが、店の人が言うには、これもまた製造中止になり、もう在庫がないとのこと。金沢はドンドン変わるし、好きなジーンズはあっというまに姿を消す。こんなことが重なり、近ごろ私は、ちょっとした浦島太郎の気分に陥っている。

紅葉奇談

（『京都新聞』夕刊「現代のことば」一九九七年四月一五日）

私は町育ちのせいか、花や木の名をほとんど知らない。今を去ること四十有余年まえ、小学校の担任の先生から、タンポポを捜して持ってくるように、言われたことがある。たぶん町の子に「自然」をみつけさせるための配慮だったのだろう。タンポポくらい、さすがに見たことはあるものの、当時、西陣のどまんなかにあった、わが家のまわりには、いくら捜してもそれらしきものは生えていなかった。しかたなく自転車を飛ばして、はるばる賀茂川の土手まで行き、ようやくタンポポをみつけたときは、ほんとうにうれしかった。

タンポポ発見の喜びも一過性で終わり、その後も植物には無関心の状態がつづいた。ところが、金沢に移り住んでから、通勤の途中に大きな花屋があったため、時々、目にとまった鉢植えを衝動的に買うようになった。シクラメン、小菊、胡蝶蘭……。しかし、けっきょくどれもうまく育たず、残ったのは、一鉢百円そこそこで買った数鉢のベゴニアだけだった。私は無精で駄目だが、老母が毎日せっせと水をやり、十年近く花を咲かせた。この金沢育ちのベゴニアを、一昨年の春、京都にもどったときも、大事に運んで来た。

京都にもどった当初、半年ほど桂の公務員宿舎に住み、それから土地勘のある西陣に居を定めた。転居にあたり、宿舎の庭の土を少々もらい、ビニール袋に入れて持って来た。マンションなので、土に困ると思ったのである。これが楽しい「事件」の発端になった。去年の春、ベランダに置いたベゴニアの鉢から、なんと紅葉が生えてきたのだ。どうやらベゴニアの鉢に増し入れた桂の宿舎の土に、紅葉の種子がまじっていたらしい。金沢育ちのベゴニアと桂生まれの紅葉は、なかよく一つの鉢で冬を越し、今年の春、そろって勢いよく葉を茂らせた。

とりわけ紅葉の成長は著しく、今や高さ五十センチになんなんとし、盛んに葉をつけている。ただ、まだ幹がヒョロヒョロとひ弱いため、ちょっと風が吹いただけでも折れそうで、母も私も心配でたまらない。いろいろ考えたあげく、つい先日、朝顔用の添え木をしたところ、安定した風情となり、ようやくほっと一安心した。

それにしても、ベゴニアと共生しているうえ、植木鉢が小さいので、ちゃんとした紅葉の木にするには、いつまでもこのままというわけにはいかないだろう。亭主は植え替えられるというのだが、これまた経験がないらしく、今ひとつ頼りにならない。そこで園芸の店に行き、植え替えの季節や方法についてたずねたところ、秋になり落葉してからがいいとのこと。さて、うまく植え替えられるかどうか、今から気になって仕方がない。

植物音痴の私が、いくら生え方が劇的だとはいえ、一本の紅葉にこれほど入れ込むとは、我ながら驚きだ。すくすく伸びる、わがいとしの紅葉を見ながら、生きるというのは、なんとけなげなことかと、今日も思うのである。

（『京都新聞』夕刊「現代のことば」一九九七年六月一七日）

虚妄の夢

日本でもロングランを続けた中国映画、謝晋（シエチン）監督の『芙蓉鎮』において、ヒロイン胡玉音（フーユイイン）が発散する強烈な存在感は、まさに圧巻であった。文革中に思いがけず「右派分子」として批判され、夫を殺された胡玉音は、やがて同じ立場の元音楽家、秦書田（チンシューティエン）と愛し合い、再婚して身ごもる。しかし、その喜びもつかのま、秦書田は遠方に追いやられ、胡玉音はひとりで子供を育てながら、懸命に生きつづける。

このように女の愛らしさとたくましさを兼ね備えた、ヒロイン胡玉音の姿を、女優劉暁慶（リュウシャオチン）はみごとに演じきった。凄い女優だと感心し、いったいどんな人なのだろうかと思っているうち、彼女のはなばなしいゴシップがあれこれ伝えられ、ますます興味がわいた。

そんなおりしも、つい最近、劉暁慶の自叙伝『恋の自白録』（文藝春秋）が翻訳刊行された。この自叙伝には、あのしがらみの強い中国社会で、二度結婚して二度離婚したのをはじめ、至るところで物議をかもしながら、怖めず臆せず自らの欲望原理を貫きつづける、その生の軌跡が、あけすけな口調で語られており、文句なしにおもしろい。

これによれば、劉暁慶は当初、トップ女優の身でありながら、給料は雀の涙ほど。日本に招待されたときも、北京撮影所の古びた衣装を借りて行かねばならず、唯一自前のストッキングも二足きり。ほころびを縫ってはきつづけたので、十数日の滞在中に、両足とも「静脈瘤」だらけのようになってしまう。

あまりにひどいと憤慨しても、いっこう給料はあがらず、業を煮やした劉暁慶はついに実力行使に踏み切る。「走穴(ツォウシュエ)」つまり、ひそかに地方公演に出かけ、闇の報酬を得るのである。初めて「走穴」の莫大な報酬を手にしたとき、彼女は感激のあまり卒倒しそうになりながら、手を真っ黒にして、受け取った人民元を何度も数えつづけたという。けっきょく、この「走穴」が原因で、のちに脱税容疑に問われることになるのだが、劉暁慶はいつから税金を払う制度が始まったのかと開きなおり、とんだ大騒動が巻き起こる。

この脱税裁判に加え、「芙蓉鎮」で秦書田役を演じた若い姜文(チャンウエン)と恋に落ち、二度目の夫と離婚しようとするが、これがもつれて、またまた裁判沙汰になる。この騒ぎをかいくぐって、劉暁慶は何本もの映画に出演するかたわら、事業に手を染める。かくして、裁判沙汰も決着、今や彼女は総資本金五十億元の大実業家にのしあがった。ただし、姜文との恋は終わり、女優としての活動も中断したままらしい。

思いきり恋もしたいし、お金もほしい。貧しかった日々に復讐するかのように、劉暁慶はあらゆる障害物を蹴散らし、欲望全開で疾走しつづける。その赤裸々な姿はいっそ痛快だ。だが、劉暁慶はあくまで女優である。映画は虚妄の夢なら、膨れ上がった事業も虚妄の夢。いつか虚妄の事業の夢から醒めた劉暁慶に、もう一度スクリーンで迫真の虚妄の夢を見せてもらいたいものだと、心から思う。

（『群像』「一頁人物論」一九九七年七月号）

いまどきのモード

先日、おもしろい話を聞いた。ある若い女性が真新しい浴衣を身につけ、おめかしをして、友だちといっしょに祇園祭の宵山（よいやま）見物に出かけた。ものすごい人込みでモミクチャになり、やっとの思いで裏通りに出て、ホッと一息ついた瞬間、愕然とした。雑踏にもまれているうち、いつのまにか帯も浴衣もなくなっていたというのだ。思わず吹きだしながら、「それは大変。で、どうしたの」と聞くと、彼女は「大丈夫。浴衣の下にTシャツと綿パンを着てましたから、そのまま家に帰りました」と、アッケラカンと答えた。ちなみに翌日の早朝、さがしに出かけたところ、道端に泥まみれになった浴衣が落ちていたので、持って帰ってクリーニングに出したとのこと。

この話を聞いているうち、なるほどと思い当たるふしがあった。祇園祭のころになると、男女を問わず、若い人の浴衣姿がふえる。先だっても帰宅の途次、今年はカラフルな浴衣が多いなと思いながら、私鉄の車内を見回していたときのこと、彼らの足元を見て、私は目を疑った。何人も靴をはいているのだ。浴衣に靴。まったく信じられない感覚だと、思わずためいきがでた。しかし、浴衣を落とした彼女の話によれば、下にTシャツと綿パンを着ている由、だとすれば、彼女たちは上着感覚で浴衣をはおり、ベルト感覚で帯をしめていることになる。道理で靴をはくはずだと、私は妙に感心し、納得したのであった。

浴衣に靴の組み合わせと対照的なのが、洋服に下駄の組み合わせである。最近、若い女性の間で下駄が流行しているもようで、ジーンズやパンタロン、はてはスカート姿に、朱塗りや黒塗りの下駄をはき、町中をカラコロと闊歩する姿がめだつ。なんとも珍妙なモードだが、彼女たちにしてみれば、下駄もサンダルの変種にすぎず、このままゆけば、ドレスアップして桐の下駄をはくのが、モードの先端ということにもなりかねない。

浴衣に靴。洋服に下駄。常識では明らかにミスマッチとしか思えない、こうした組み合わせが好まれるのは、古さと新しさを衝突させ、意表をついた異種混淆の意匠を楽しみたいという欲求から出ているようにもみえる。なんとか既成の型を破りたい、と。

そういえば、七〇年代の前半に大流行した、おそろしくヒールの高いコッポリ型の靴に、幅広のだぶだぶパンタロン、というスタイルも、昨今、大々的に復活している気配だ。かく申す私自身、かつてはゆうに十センチを超えるヒールのコッポリ靴をはき、袴もどきのパンタロンの裾をパタパタひるがえし、闊歩していた覚えがないでもない。内心、竹馬に乗っているみたいだと思いながら。あれから二十有余年、いまや竹馬スタイルのコッポリ靴をみるだけで、捻挫の恐怖に襲われゾッとするありさま。異種混淆スタイルやコッポリ靴スタイルの、いまどきの威勢のいい若い女性も、やがてそうなるのかと思うと、いささか複雑な思いにとらわれてしまう。

（『京都新聞』夕刊「現代のことば」一九九七年八月一八日）

町医者の鑑

最近、医療器械に頼り、聴診器もろくに使えない医者がふえたが、わが家が金沢でお世話になった中川松雄先生は、聴診器と打診だけで（血圧計と心電計くらいは使われるが）、どんな病気もピタリと診断される名医である。

一九七六年、私は金沢大学に赴任した。その翌年、富山県高岡の出身の父が、北陸は魚がうまいなどと言いだし、さっさと京都の家を引き払い、母ともども金沢に移って来てしまった。実は、父はその数年前に狭心症の大発作をおこしているうえ、血圧も高く、医者と薬に頼らざるをえない状態だった。

困った私は、停年退職された私の前任の鈴木直治先生にご相談したところ、さっそく紹介してくださったのが、中川先生であった。鈴木先生は旧制四高の漢文の先生を経て、金沢大学教養部の中国語の教授になられた方で、中川先生はその四高時代の教え子だったのである。

父といっしょに初めて中川医院を訪れたとき、私は正直、びっくり仰天した。古色蒼然、まるで昔の映画に出てくる町医者さながらだったのだ。むろん看護婦さんもいない。後から知ったことだが、中川先生のお父様は金沢陸軍病院の軍医であり、戦後、開業された由。中川先生はその医院を引き継がれたのである。

以来、中川先生は二週間に一度のわりあいで、父のために往診に来てくださるようになった。診察がすむと、お茶を飲みながら、しばらく雑談をして行かれる。このときの父はほんとうに楽しそうだった。

中川医院から当時のわが家まで、二キロほどの道程だったが、中川先生は車はもちろん自転車にも乗られず、徒歩で往復された。のみならず、中川先生は金沢市内のどこであれ、徒歩で往診されるのが常だった。というのも、先生はかなりひどい痔なのだが、自然療法を旨とされるため、手術など論外、ひたすら刺激を避けて、乗り物を使われないのである。

金沢に来て四年めの八〇年秋、父は老衰のため亡くなった。八十二歳だった。病状が悪化してから三か月ほどの間、中川先生は毎日、往診してくださり、電話をすると、夜中でも飛んで来てくださった。もちろん徒歩で。こうして真の意味のホームドクターにみとられて逝った父は、ほんとうに幸せだったと思う。

父の死後、ひきつづいて母も私もやれ風邪だ、やれ貧血だと、中川先生のお世話になった。中川先生はちょっと症状が重いと、診察してもらいに行った翌日、予告なしに往診されるのが常だった。私など、休んで安静にしているよう警告されながら、用事があって、つい学校に出かけ、もしかしたらと慌てて帰って来ると、案のじょう往診に来られる。先生は聴診器をあてながら、「いけませんなあ」と首をひねられ、よく身のちぢむ思いをしたものだ。

一昨年、日文研に転任し、十九年ぶりに京都にもどるにあたり、母も私ももう、そう簡単に病気にはなれないと、臍(ほぞ)をかためた。今も中川先生とは折につけ、電話や手紙のやりとりをさせていただいているが、八十歳になんなんとされながら、お元気そのもの。「心臓と腎臓の区別がつくうちに、引退しなければ」と冗談を言いながら、先生を待つ患者さんのために、金沢の町を歩きまわっておられる。「町医者の鑑(かがみ)」とは、こういう方を言うのだろうと、つくづく思うばかりである。

（『群像』「一頁人物論」一九九七年九月号）

ワープロダコと自転車

近ごろ、なぜか両手の指先がカサカサして、固くなった。これも歳のせいかと、やや悲観していたところ、はたと思いあたった。ワープロを打つため、指先がタコになったのだ。

ワープロをする前は、右手の中指に大きなペンダコがあった。不器用でかげんするということができず、子供のときから力いっぱい鉛筆や万年筆をにぎりしめ、ものすごい筆圧をかけて字を書くので、歳月の経過とともに、私のペンダコは悪化の一途をたどった。しまいには、ちょっと根をつめて書き物をしただけで、ペンダコが腫れあがり、痛くて眠れないほどになった。それで、十年ほど前、思いきってワープロに切り替えたのだが、こんどはワープロダコができるとは……。

あまり自慢になる話ではないが、私はタコのできやすい体質で、これまた十年ほど前、両肘に巨大なタコができたことがある。本を読むとき、肘をつく癖があるせいだ。この肘ダコはみるみる巨大化し、ついにはみっともなくて、半袖も着れないまでになった。そこで、一大決心をして、当時、金沢の住まいの隣にあった外科医院に行った。医者は私の巨大な肘ダコを見るなり、がぜん興味をそそられたらしく、さっそく切除するという。かくして一時間半もかかって、両肘のタコは念入りに切除された。すっきりしたのはいいのだが、なにしろ両肘いっぺんにメスが入ったので、その夜は寝返りも打てず、あまりの痛さにうめき続けたのだった。

あの恐怖の肘ダコの例もある。ワープロダコが巨大化するのを防ぐには、適度に指先を休めるのがいちばんだ。サボるための絶好の口実がみつかったので、近ごろ、私は暇さえあれば、自転車で家の周辺を駆け回っている。そのせいで、わが家を中心とし、半径二キロ以内にある商店街やスーパーにやたら詳しくなり、買い物が上手にできるようになった。ケガの功名というべきか。

それにしても車やバイクの増えたこと増えたこと。子供のころ（もう四十年も昔だ）、思いたって、千本今出川にあったわが家から錦(にしき)市場まで、自転車で大遠征したことがある。あのころは車など一台も走っていなかった。あれを思えば、まさに隔世の感がある。

だが、自転車に乗りながら見ていると、ひっきりなしにやって来る車やバイクをものともせず、悠然と歩くお年寄りも実に多い。大通りの交差点で、隙あらば飛び出そうとする車やバイクの若者を尻目に、頑として自分のペースを守り、そろそろ歩を進めるお年寄りを見ると、ついヤングパワーとシルバーパワーの対決だと思ってしまう。そんなとき、私はワープロダコをさすりながら、シルバー負けるなと、いつもひそかにエールを送る。

新京都駅が完成したり東西線が貫通したり、このところ京都の町は急激に変貌している。しかし、お年寄りがのんびり歩くことができ、自転車でゆったり走ることのできる、ゆとりだけは失ってもらいたくないものである。

（『京都新聞』夕刊「現代のことば」一九九七年一〇月二二日）

人工空間を移動した日帰り旅行

つい先日、勤め先の用事で逗子に行った。新横浜にとまる「のぞみ」に乗り、二度乗り換えて、逗子駅に到着したのは正午すぎ。逗子とはいえ、めざす機関ははるか山の彼方、駅からバスで三十分もかかる所にある。バスの本数は少なく、おまけにドシャ降りだったので、タクシーに乗るしか手がない。その前に、まずは一服と駅の喫茶店に入った。私は重度のコーヒー中毒で、ひっきりなしにコーヒーを飲まずにいられないのだ。

お昼ごはんは早々と新幹線の中ですませたので、カウンターに座ってコーヒーを飲みながら、ふと見ると、隣の席で五十代後半とおぼしき男性が、ひとり黙々とサンドイッチを食べている。ずしりと重そうな革カバン、オーソドックスなレインコート、度の強そうな眼鏡。どう見ても大学のセンセイだ。この人も私と同じ所に行くような気がしてならない。

大枚はらってタクシーを降り、所定の会場に入って着席した瞬間、隣席の人が「あれっ」と声をあげた。見れば、なんとあのサンドイッチ氏ではないか。おたがいに「やっぱり」と言いながら、タクシーに相乗りできなかった不運を悔やむこと、しきりであった。

用事は小一時間で終わり、帰りは幸い二人の旧知と相乗りして、逗子駅までもどった。帰りの「のぞみ」まで、少し時間があったので、東京に出るという二人と別れ、横浜で途中下車した。方向音痴なので、駅から遠く離れる勇気はなく、地下道を渡って、最寄りの大デパートに行ってみることにした。関西系のデパートなので、さして珍しいものはなく、ただただ歩き回って疲れ果て、港めぐりの観光船の船着き場のみえる喫茶室にへたりこみ、またまたコーヒーを飲んだ。

そこでぼんやり海をながめているうち、妙な気がして来た。そこに確かに海があるのに、まったく海の匂い、磯の香がしないのだ。喫茶室を出て、船着き場まで行ってみたが、やっぱり匂わない。まわりをガチガチにコンクリートで固められると、海も特性を失い、人工的に脱臭されてしまうのだろうか。

ふたたび新横浜までゆき、「のぞみ」の車中で推理小説を読んでいると、あっというまに京都に到着した。まだ時間も早かったのでバスに乗り、自宅の近くで下車すると、相変わらず、はげしい雨が降っている。考えてみれば、一日中、京都も逗子もドシャ降りだったにもかかわらず、朝、家を出たとき傘をさしたきり、一度も傘をささなかった。京都駅の構内、新幹線、電車、タクシー、横浜の地下道に続く巨大なデパート等々。トータルにすれば片道五時間もかかる所に行きながら、一度もまともに外気にふれず、けっきょく人工空間を移動しただけなのだ。

磯の匂いがしない海、風や雨や自然の空気を遮断した巨大な人工空間。こうして人工的な日帰り旅行を終え、やっとわが家にたどりついた私は、明日は自転車に乗り、思いきり風をきって走ってみようと思ったことだった。

（原題「日帰り旅行」。『京都新聞』夕刊「現代のことば」一九九八年四月一七日）

私の町歩き

最近、一人で町歩きをする機会がめっきり減った。大きな書店に入り、棚に並んだ本を眺め、気になる本があれば手にとって拾い読みし、買うか買わないかを決める。厳選のすえ、何冊か購入し、ずしりと重みを増したカバンを抱えながら、喫茶店に入りコーヒーを飲んで一服する。これでたちまち元気回復、最後は重いカバンも何のその、デパートのなかをウロウロして、目にふれた帽子や衣類をつい衝動買いし、また浪費してしまったと悔やみながら、帰途につくというのが、ここ十数年来、私の町歩きのパターンだった。

これをフルコースで行うとなると、ゆうに三時間はかかるので、近ごろはなかなか思うにまかせない。つまらない人生だと悲観していたところ、この四月から月に二回ほど、東京へ行く用事ができた。用事は夕方からなので、早めに行き、待望の町歩きの時間をひねり出すことにした。幸い目的地は銀座に近い、というわけで、私はこのところ東京に行くたび、せっせと銀座界隈を歩きまわっている。

実は、私は度しがたい方向音痴なのだが、知人が書いてくれた略図を片手に、銀座のそこここに点在する大小の書店をくまなく探訪することに成功し、その点では大いに満足している。問題はデパート歩きだ。銀座にはいくつもデパートがあるのに、困ったことに買いたい気分にさせられるモノがない。衣類売り場にあふれているのは、今はやりの異様に小さな服ばかり。マネキン人形の着ている盛夏用のブラウスなど、金太郎の腹掛けそこのけだ。

これを見ていると、昔、子供はみんなしているのだと母に言い聞かせられ、そんなものだと信じて、金太郎の腹掛けをしていたことを、つい思い出す。幼稚園の身体検査で、そんなものをしているのは私一人だと気がついたときは、とてもショックだった。東京の下町育ちの母は、「下町の子はみんな金太郎の腹掛けをしていた」と、今でも言うのだが。

話は横道にそれたが、そんなわけで、いまさら金太郎の腹掛けなんて願い下げにしたいし、要するに、ふつうに着れそうな服が、デパートの衣類売り場にはほとんどないのである。皆無というわけではなく、ごく稀ながらあることはある。しかし、変哲もないオーソドックスなデザインの女性服は、だいたい外国製で目玉が飛び出るほど高い。これは、男性用の衣類売り場に、日本製の平凡な定番の服がずらりと並び、選りどり見どりであるのと、対照的な現象だといえよう。

平凡な定番の服が希少価値になるなんて、この国の衣類業界は、女は流行に弱いと見くびっているのか、右へならえと流行に飛びつく女自身にも問題があるのではないかと、私はだんだん腹が立ってくる。この現象は銀座にかぎらず京都のデパートにも共通するものだ。せっかくの東京町歩きの最後のコースで、私はいつもこうして腹を立て、がっくり疲れてしまう。考えてみれば、衝動買いをしないですむだけ、けっこうなことではありますが。

（『京都新聞』夕刊「現代のことば」一九九八年六月一七日）

乗り物は腹が立つ

春と秋の修学旅行シーズンになると、市バスに乗るのが憂鬱だ。私の勤め先は京都の西郊にあるので、自宅から私鉄の駅まで、いつも市バスを利用する。これがあいにく金閣寺と二条城をつなぐ路線であるため、シーズン中は、修学旅行の中学生がワンサと乗り込んで来るのだ。

昔は修学旅行といえば、観光バスと相場がきまっていた。しかし、近頃は数人のグループに分かれて自由行動するケースが多いらしく、市バスにも大挙して乗り込んで来て、大声を張り上げながら、傍若無人に騒ぎ散らす。こうした場面に出くわすたび、親の顔が見たいと、いつもひどく腹が立つ。

そこで、シーズン中はなるべくこの路線を避けるようにしているのだが、先日、急いでいたので、つい乗ってしまった。案のじょう、学生服やセーラー服の男女中学生がほとんどすべての席を占めている。しかも、あろうことか、「お年寄り優先席」にまでどっかと腰を据え、かなり高齢の方がおぼつかない足取りで真横に立っておられても、平然と無視しつづけている。

体だけは大きい中学生集団に威圧され、他の乗客は誰も注意しようとせず、私もまた何もいえなかった。そんな自分にまた腹が立ち、その日は一日中、気分がわるかった。

バスの修学旅行生も腹立たしいが、新幹線の大人の乗客にも腹の立つことが多い。私はこのところ、月に二回ほど新幹線で上京するのだが、何より嫌なのは、前の座席の乗客が、これ以上倒せないほどリクライニング・シートを倒してくることだ。

先日も、座席の横のテーブルを取り出し、カップコーヒーを載せていたら、いきなり前のシートが目の前に倒れてきたので、びっくりした拍子に、熱々のコーヒーをこぼし、手に火傷をしてしまった。なんたる無作法。なんたる無神経。後ろの座席に人がいることもわからないのかと、目が眩むほど腹が立った。

良識に期待してももはや無理。後ろの乗客に気配りもできない人間が増えているのだから、リクライニング・シートがこんなに倒れないよう、ＪＲも設計を考え直すべきだ。

それにつけても、傍若無人の修学旅行生は、無神経にシートを倒すような親に育てられたのだろうなと、思うことしきり。本当に乗り物は腹が立つ。


（『週刊文春』「立腹」二〇〇〇年六月一日）

職人気質はどこへ

古代中国に包丁（ほうてい）という名料理人がいた。包丁の料理の腕前はまさに神業であった。牛をさばくときには、彼が牛刀を動かすとともに、骨と肉がサクリサクリと音を立てて離れ、離れた肉はバサリと落ち、そのリズミカルな手の動きに一瞬のよどみもない。しかも、無理をして牛を切りさばこうとしないから、少しも刃こぼれすることなく、包丁は十九年も同じ牛刀を使いつづけたとされる。現在どこの家の台所にもある「包丁（ほうちょう）」の名称は、むろんこの古代中国の名料理人に由来するものだ。

もっとも、名料理人の包丁とていつも余裕しゃくしゃくだったわけではない。牛の「族（筋や骨がかたまっている部分）」を切りさばく、難しい操作のさいには、慎重の上にも慎重を期して、おっかなびっくり牛刀を動かし、うまい具合に肉と骨を切り離すことができると、ホッとして思わず会心の笑みを浮かべたという。このエピソードには、料理に精魂を傾け、ベストを尽くそうとする包丁の職人気質（かたぎ）が、如実に浮き彫りにされている。

少し前まで、私たちの周囲にも、ネジの切れた腕時計を瞬時に修理してくれる時計屋さんとか、骨の折れた傘を見事につないでくれる傘屋さんとか、自分の専門分野では誰にもひけをとらないという、誇り高い職人気質と腕前を持った人が大勢いた。しかし、今はなにもかも使い捨ての時代、そんな職人気質の持ち主にもめったにお目にかかれなくなった。

ところが、私が目下、住んでいる京都の西陣は古い伝統のある町のためか、このところ立て続けに、もはや絶滅したかに見えた、職人気質の持ち主と出会うことができた。

一人はわが家の近くのクリーニング屋さんである。このクリーニング屋さんの腕のよさはまさしく天下一品。どんなに古ぼけた洋服でも、ピシッと隅々までアイロン掛けされ、新品同然になってもどって来る。私はいつでも自転車で仕上がったものを取りに行くのだが、このときのクリーニング屋のご主人の反応が実に面白い。シワになるから折り曲げないでほしい、家に持って帰ったらすぐハンガーにかけてほしい等々、細やかに注意を与えたうえで、自転車に乗った私が片手でぶら下げている仕上がった洗濯物を、心配そうにじっと見つめておられるのだ。その姿を見るたび、私はこれぞ職人気質の権化だと、毎度、笑いをこらえながら、無性にうれしくなる。

もう一人は、家の近くの繁華街にある小さな時計屋さんの女主人である。彼女の店に並べてある時計は、どれもこれもピカピカに磨き上げられ、すべて正確に時を刻んでいる。ついこの間も、二年ほど前ここで買った時計の電池交換に行ったところ、この時計は防水ではないから、雨の日には持ってはいけない等々、これまた細やかな注意を受けた。ちなみに、この小さな時計屋さんにはほとんど全メーカーの電池がそろっており、七十歳を超えた女主人が鮮やかな手つきで、どんな時計の電池もたちどころに交換してくれる。これまた見事な職人気質の持ち主だと、私はいつもその手つきに見惚れてしまうのである。

いま一人、これは私の勤務先の用務員さんなのだが、彼女の仕事も特筆ものだ。七十歳になんなんとする年齢にもかかわらず、毎日、徹底的に掃除されるので、所内はどこもかしこもピカピカで塵ひとつない。実は、一昨年、もう年だからといったん退職されたのだが、とたんに所内がうす汚くなり、無理に頼んでまた来てもらうことになったのである。もし今度やめられたらどうなるかと思うと、本当に気がもめる。

職人気質のお手本のような、わがクリーニング屋さん、時計屋さん、用務員さんを見ていると、すこぶる爽快な気分になる。これぞプロフェッショナルの心意気だと。それにつけても、近頃、やれ食中毒だ、やれ混入物だと、おかしげな商品が市場に出回るのは、生産現場に職人気質の持ち主がいなくなったせいではないかと、つい思ったりするのである。

（『北國新聞』「北風抄」二〇〇〇年九月一〇日）

間尺に合った通信機器

ファックス、携帯電話、電子メールと、ここ十年ほど、通信手段は凄まじい勢いで変化している。

ファックスが普及しはじめたころ、知り合いの編集者から面白い話を聞いた。機械音痴の編集者がどうしてもファックスを送ることができず、若い編集者に送ってくれと頼み、まじめな顔でこう言ったという。「コピーを取るのを忘れないように」。笑いながら、この話をしてくれた編集者も機械に弱そうな中年であり、もしかしたら自分のことではないかと、私はひそかに疑ったのだった。

近頃は、原稿はほとんどファックスで送るなど、私もすっかりファックス慣れしたけれども、最初のうちはしばしば珍事件に見舞われた。あるとき、これまた機械に弱い先輩から、「資料はあとでファックスで送るから」と言われ、ふといやな予感がした。案のじょう、先輩宅もわが家も電話兼用のファクシミリだったため、お互いに切り替えボタンを押す操作がわからず、「もしもし」と言い合うばかりで、ついに送信も受信もできず、双方へとへとになってしまった。

携帯電話が出回りはじめたころも、珍妙な場面に出くわしたことがある。新幹線に乗っていた時のこと、いきなり隣席でけたたましい呼び出し音が鳴ったかと思うと、年配の男性が小さな携帯電話に向かって、大声で話しはじめた。なんてうるさい。デッキに行けばいいのにと腹を立てていると、電話を切る間際に、隣席の御仁はこう言ったものだ。「よくワシがここにいるのがわかったな」。思わず吹き出しそうになり、笑いをこらえるのに苦労した。

それから数年、隔週で東京に行く用事ができ、私もついに携帯電話を持つようになった。ただ、ふつうは必ず電源を切り、自分のほうからしかかけないことにしている。

それでもけっこう重宝していたが、つくづく携帯電話は便利だと痛感したのは、大雨で長時間、新幹線の車中に閉じ込められたときである。家族に連絡をとって、自分の現況を伝える一方、なにぶん外部から情報が入らないので、テレビなどのニュースの内容を教えてもらったり、実に実に役立った。所かまわず、携帯電話で、不要不急のことをしゃべり散らしている人を見ると、ほんとうに不愉快だが、使いようによっては、これは実にすばらしい通信機器になると、思わず見直したものである。

瞬時にはるかに遠方の相手と連絡が取れるという点では、電子メールもはなはだ便利なものだ。私の勤務先では、二、三年前から各研究室にパソコンがセットされるようになった。私はワープロ歴は古いのだが、パソコンには違和感があり、目の前にありながら、どうも触る気になれなかった。

しかし、数か月前、辛抱強くスイッチの入れ方から教えてくれる、奇特な同僚があらわれ、はじめはいやいやだったが、徐々に面白くなってきた。そこにもってきて、この夏、研究室でずっと待機しなければならない用事があり、所在がないので、パソコンをいじる時間がぐんと増えた。そうこうするうち、よくしたもので、なんとか電子メールも打てるようになった。最初にパソコンを指南してくれた同僚は、目下、北京に長期出張中なので、しばしばメールをやり取りし、そのたびになんと便利なものかとつくづく思う。

もっとも、私はインターネットというものに、まったく興味がないので、パソコンでさまざまな情報を得たいとは思わない。せいぜい図書館の本を検索したり、知り合いとメールの交換ができれば、それで十分なのである。

機械に弱い私でさえ、いつのまにかファックス、携帯電話、パソコンを重宝するようになったのだから、時の流れというのはおそろしいものだ。ただ、いくら便利とはいえ、自分の間尺に合った使い方を保ち、機械に振り回されることだけは、願い下げたいものだ。

（『北國新聞』「北風抄」二〇〇〇年一一月二六日）

私のヘルペス騒動

先月の末、大学の教養部時代の同窓会があった。その同窓会は二年に一度開かれており、これが四回目である。

なんとも古い話だが、私が京都大学文学部に入学したのは、一九六二年四月。同窓会に集まったのは、入学後二年間、専門課程に進む前に、同じ語学クラスだった人々である。みなすでに五十代後半だが、今度出席していちばん驚いたのは、大病した人が多かったことだ。昔の思い出話などそっちのけで、病気の話に花が咲き、そんな年齢になったのかと、いささか感無量だった。

実は、私自身も大病ではないが、先頃おそろしく痛い目にあった。もともと私は根が丈夫なのか、子供のころから病気らしい病気をしたことがない。ただ、毎年といっていいくらい、年末が近づく頃、疲れが出るのか、大風邪をひくなど、どこか具合が悪くなってくるのである。

今年も十一月初めのある夜、突然、左足の付け根に激痛が走り、翌朝見ると、ポツンと二つほど発疹が出ているではないか。毒虫にでも刺されたのかと思っているうち、発疹はみるみる左足の上部に広がり、痛みも左足から左脇腹、さらには左胸にまで波及して、歩くたびにヅキヅキ痛む。それでも週末だったので、二日ほど我慢したが、どうもただごとではない。

そこで、月曜日になるのを待ちかね、近くで医者をしている中学時代の友人のもとに駆け込んだ。彼女が小児科でご主人が外科、二人でやっている病院である。左足の発疹をみた瞬間、彼女は「これはヘルペス（帯状疱疹）だわ」と断言した。実のところ、痛みの激しさから考えて、私も内心そうではないかと思わないでもなかった。

数年前、母がヘルペスになり、激痛で文字どおり七転八倒したのを見たことがあるからだ。ただ、なぜか自分はヘルペスにはならないと、思い込んでいた。たぶん、こんな痛い病気にはなりたくないという願望だったのだろう。

幸い最近はヘルペスによくきく薬がある由、その特効薬を処方してもらって、それから四日あまり飲みつづけた。

ヘルペス・ウイルスは誰でも体内にもっているものだが、疲れたりすると抑える力がなくなり、暴れだすらしい。特効薬がきいて、発疹はすぐに治まったが、痛みのほうはなかなか消えてくれない。

そうそう薬を飲みつづけるわけにもいかず、左半身に走る激痛をこらえる日々がその後もかなりつづいた。ウソのように痛みが引き完治したのは、十一月末。一か月近くかかったわけである。

一時はどうなるかと思い、これからの人生、この痛みとどう折り合って生きていこうかと、ふと考えたりした。元気なときは、あれやこれや欲望を膨らませ、つい無理をするけれども、痛みがないのが最高の快楽だと、つくづく思い知ったことだ。

しかし、喉元すぎれば熱さ忘れる。それから数日後、早くも痛みの記憶が薄れだしたころ、また珍事が勃発した。

私は数年前から、一年に一度くらい、何かの拍子に左耳下腺の下がオタフク風邪のように、パンパンに腫れ上がる奇病に見舞われる。かの友人の女医さんは「唾石（唾液腺にできる石らしい）」があって、それが原因で炎症をおこすのではないかというのだが、よくわからない。

ただ、これもまた疲れたときに起こるのは確かであり、炎症を抑える薬をもらいに行ったところ、こんなに次々故障がおきるのは疲れている証拠だから、休みなさいと女医さんにきつく叱られた。

その後、やや自重してはいるものの、なにぶん年末なので、あれこれ用事が重なり、相変わらずついオーバーワークになる日々がつづいている。派手にわずらい、病い抜けしたせいか、幸い今は体調もすこぶる良い。

来年からは二十一世紀、心機一転して早寝早起き、規則正しく疲れないよう暮らしたいと心に期しているのだが、さあどうなることだろうか。

（『北國新聞』「北風抄」二〇〇〇年一二月二四日）

古代中国の名医像

花粉症の季節になった。私の知人にも、見ているだけで苦しくなるほど、ひどい症状の人がかなりいる。

花粉症もつらそうだが、ヘルペス（帯状疱疹）もおそろしく痛くてつらい病気だ。昨年末、無理して疲れていたせいか、私はこの痛い病気にかかってしまった。数年前、母が同じ病気で七転八倒したのだが、私は体質が父に似ており、父は生涯ヘルペスとは無縁だったので、自分は大丈夫だと思い込んでいた。

特効薬だという薬を処方してもらって帰宅し、なぜお父さんはヘルペスにならなかったのだろうというと、老母いわく「お父さんはヘルペスになるほど疲れることはしない人だったからでしょう」。なるほど、二十年前に死んだ父は、自分の生活のリズムを崩さない、完璧なマイペース人間であった。

それはさておき、わがヘルペスはその薬がきき、発疹そのものは数日で消えた。だが痛みはなかなかおさまらず、完治するまで一か月近くかかった。結局、薬をのんだのは四日だけ。薬で殺菌したあとは、自己回復を待つしかないわけだ。

私は中国文学専攻だが、医者や薬は西洋派で、漢方はほとんど使わない。ただ、古代中国の医術や薬学には大いに興味がある。

中国の神話には、特殊技能を持つ多くの神々が登場する。医薬の神といえば、なんといっても「神農」だ。神農は薬草を選別するためあらゆる植物を実験的に口にし、毒草にあたって「一日に七十回気絶した」と伝えられる。

時代が下り、戦国時代（紀元前四〇三〜同二二一）になると、伝説的名医とうたわれる扁鵲（へんじゃく）が登場する。扁鵲は一目、病人をみただけで、病気の原因を透視する診断の名手であり、病状に応じて的確に湿布や鍼（はり）などの処置を施し、死者をよみがえらせたこともあったという。

「超能力者だ」と評判が立つと、扁鵲は「私が生き返らせたのではない。自ら当然生きるはずの者を起きあがらせてやっただけだ」と言った。医療は、自己回復力を喚起する手段にすぎないという、いたって冷静かつ穏当な考え方だ。

扁鵲伝説は多岐にわたり、外科手術をやったという説もあるが、真偽のほどは定かではない。ちなみに、古代中国の名外科医といえば、毒矢に当たった関羽（かんう）の肘を切開して毒を抜き、みごとに全快させるなど、『三国志』の世界で大活躍した華佗（かだ）に指を屈するだろう。

中国の「名医」像をたどってみると、いずれもまず病気の主たる原因を見抜き、すばやく処置を施し、あとは患者の自己回復力にまかせる。私のヘルペス体験も、このパターンである。

しかし、花粉症やアレルギーはいくら原因が分かっても決め手の処方がみつからないのだから、自己回復したくてもしようがない。扁鵲、華佗なら、このやっかいな現代病にどう対処するか、ちょっと聞いてみたい気がする。

（『京都新聞』「こころの形」二〇〇一年三月二三日）

十一回目の引っ越し

つい先日（二〇〇一年四月）、五年余り住んだ京都・西陣のマンションを引き払い、銀閣寺の近くに引っ越しをした。今度もマンションだが、最上階（五階）のわが家からは、大文字山が真正面に見えるなど、すこぶる景色がよい。ちょうど桜の季節で、すぐ近くの「哲学の道」の桜並木は満開、久しぶりにみごとな眺めを楽しんだ。

というわけで、転居先の景色や雰囲気はまことに快適なのだが、ここに至るまでの引っ越し準備は実に実に大変だった。老母はもう八十七歳なので、そんなに無理はさせられないと、亭主と私の二人がかりで一か月余りかかってボチボチ荷造りにとりかかった。

といっても、二人とも勤めの身なので、平日は何もできず、週末になると、集中的にせっせと段ボール箱に詰め込む作業にいそしんだのだった。

近ごろは、運送屋が何もかもやってくれるシステムがあるそうだが、母と私の荷物は細かいモノが多く、とてもよそさまにおまかせできるような代物ではない。

そこで何とか自力で作業を進めたのだが、これが想像を絶する難行だった。五年も住むと、大小を問わず、道具もそれぞれ根が生えるのだろうか。いざ荷造りをする段になると、物凄い分量のモノが次から次に出現し、またたくまに家中、段ボールだらけになってしまった。

こうして大苦労のすえ、やっと新しい住まいに荷物を運び入れたが、その喜びもつかのま、今度は荷ほどきをして、片付けなければならない。これがまた大変で、以来、今日に至るまで約十日間、老母と二人で「あれがない」「これがない」と言い暮らす日々が続いている。あるべきところにモノが収まり、平穏無事な日常が送れるようになるには、まだまだ時間がかかりそうだ。

考えてみると、別に好きでやっているわけではないが、私は引っ越しと縁が深く、今度で通算十一回になる。このなかで、とりわけ印象が深いのは、昭和二十七（一九五二）年、小学校二年生で、一家をあげて高岡から京都に引っ越したときのことだ。このときは、子供だったので、引っ越し荷物のことなど、まったく記憶にないが、言葉が違うことにカルチャーショックを受けたことを、今でも鮮明におぼえている。ちなみに、この引っ越しのときに、住んだのが西陣だった。

おりしも昭和二十年代後半、日本映画の全盛期であり、西陣のわが家のすぐ近くに映画館街があったため、ほとんど毎日のように、家族とともに映画館通いをした。

その後、中学校入学と同時に、賀茂川の上流の郊外住宅地に引っ越し、二十数年が流れた。さらにその後、金沢大学に赴任し、金沢で十九年を過ごしたが（金沢では三回引っ越しをした）、この間、西陣で過ごした幼年時代は、至福のときとして、私の記憶のなかで美化される一方だった。

そんなこともあったので、六年前、京都に転任してまもなく、迷わず西陣に居を定めることにした。しかし、なにしろ至福の幼年時代から四十年も経過しており、同じ西陣とはいえ、記憶の街とはずいぶんかけ離れていた。

　もはや映画館などは一軒もなく、路地のそこここに、うるさいほど響いていた西陣織の機（はた）の音もほとんどしない。大きな織物問屋もドンドン廃業し、跡地にできるのはマンションばかり。私の通っていた小学校も子供が減り、他のいくつかの小学校と合併して別の学校になってしまった。

　こんなようすを目のあたりにして、記憶の町はやはり記憶のなかにしかないのだと、私はやっと諦めがつき、転居を決意するに至った。

　今度の住まいは景色がよくて買い物も便利。近くに書店やおいしいコーヒーを飲める店もある。今度こそじっくり腰を据えて住み着き、もう二度と引っ越しはしないようにしよう。

　そう思って、窓の外に広がる山並みを目の端にひっかけながら、私は今、疲れた体にムチうっては、部屋のなかに散乱している荷物を片付けているのである。


（『北國新聞』「北風抄」二〇〇一年四月一五日）

私の札幌珍道中

先月末、所用があって札幌に行った。主たる目的は会議に出席することなのだが、なにしろ、私は北海道に行くのはこれが初めてである。そこで二泊三日の慌ただしい日程をやりくりして、なんとか自由時間をひねり出そうと、いろいろ考えたあげく、出発当日、五時起きして、伊丹空港から朝一番の飛行機に乗った。夢うつつのうち、またたくまに二時間余りがすぎ、午前十一時前、勤務先の二人の連れともども、新千歳空港に着陸した。いよいよ連れ二人と私、合計三人の札幌珍道中の始まりである。

連れの一人はなんともマメな性格で、この旅の一か月以上前から、インターネットを駆使して、半日で効率よく札幌見物ができる方法を探ってくれた。その結果、「観光タクシー」を利用するのがよいということになり、定番どおりの「観光」というのも悪くないと、たちまち同行三人の話がまとまった。このマメな人物が手回しよく、観光タクシーの予約をしてくれたおかげで、到着した日の昼過ぎから夕方まで五時間余りかけて、ゆったり札幌見物を楽しむことができた。

とはいえ、私は日頃の慢性的な睡眠不足に加え、五時起きしたせいで、タクシーに乗った瞬間から睡魔に襲われ、せっかくの運転手さんの説明もどこへやら、うつらうつらのしどおしだった。しかし、よくしたもので、停車していざ見物という段になると、とたんにしゃっきり元気になって、観光客よろしく、見るべきものは楽しく見てまわったのだから、我ながらしっかりしていると言うべきか。

どことなく東京駅に似ている旧北海道庁。似ているのも道理、設計者は両方とも辰野金吾の由。周知のごとく、辰野金吾はかの高名なフランス文学者、辰野隆（ゆたか）の父君である。

市内を一回りしたあと、郊外に出て、まず立ち寄ったのが、冬季オリンピックで有名な大倉山ジャンプ場。同行者二人はリフトに乗って頂上まで登って行ったが、私はどうしても眠気が抜けず、麓をぶらぶら歩き回ることにした。散歩しながら、大きな綿くずのようなものが、至るところに浮遊しているのに気がついた。聞けば、これはポプラの綿毛であり、この季節の札幌名物とのこと。中国の詩によく出てくる柳絮（りゅうじょ）（柳の綿毛）もこんなふうなのだろうかと、ふと思ったりした。

このあと、いくつか展望台めぐりをしたが、いかにも北海道という気がしたのは、羊ヶ丘の展望台だった。ここには、かの「少年よ大志を抱け」のクラークの銅像があるが、それよりも何よりも眺望がすばらしく、札幌が原生林のなかに忽然と出現した大都市であることが如実に見てとれる。カフェテラスの椅子に座り、アイスクリームを食べながら、眼下に広がる雄大な景色をながめているうち、あくせく暮らしている日常を忘れ、本当にのんびりした気分になった。まさに、イノチのセンタクである。

観光タクシーの最後の目的地は、開拓時代の建物群を移築した開拓村であった。時間切れで三十分の駆け足見物になったが、たかだか百年くらいでこんなに変わるものかと、現在の札幌との落差に驚嘆するばかりだった。

というわけで、生まれてはじめて「観光タクシー」に乗り、定番の札幌観光を満喫したあと、連れの二人はまだ余力があり、夜の町へと繰り出していったが、私はもう休みたい一心、ホテルで早寝を決め込んだ。

翌日は朝九時から夕方六時まで、一日中、北海道大学で会議。約三百人が集う大学図書館関係の大きな会議である。長時間にわたる会議でヘトヘトに疲れてしまったが、疲れた体に鞭打って、翌朝またまた五時起きし、空港に駆けつけた。午後から勤務先で所用があり、どうしても京都に帰りつかなければならなかったのだ。

こうして、なんとも慌ただしい二泊三日の札幌珍道中であったが、それでもイノチのセンタクをしたという快い解放感があり、日常の時空を離れる旅の効用を実感したのであった。

(『北國新聞』「北風抄」二〇〇一年七月八日)

ロックンローラー——私のごひいきベスト3

八月十六日の夜、京都では大文字の送り火がともされる。最近引っ越したわが家からは、この大文字が近々と見える。今年初めて、自宅のベランダから送り火を眺めているうち、近くのお寺で送り鐘が鳴っているのに気がついた。夜空に浮かぶ大文字に語りかけるように、余韻を引きながら鳴り響く鐘の音は実にすばらしく、音の効果というものを実感した。

私は通勤の途中や深夜、よくヘッドホンをしながらロックを聴く。激しい音の洪水に身を浸していると、うっとうしいもろもろの雑念から解放され、スカッとした気分になる。

あまたのロック・グループ、ロックンローラーのなかで、もっとも好きなのはザ・バンドだ。ザ・バンドは一九六〇年代初めに結成されたアメリカン・ロックのグループで、メンバーは五人。アメリカ人ドラマーのレヴォン・ヘルムと四人のカナダ人、すなわちギターのロビー・ロバートソン、ベースのリック・ダンコ、ピアノのリチャード・マニュエル、キーボードのガース・ハドスンである。

彼らはドサ回り、ボブ・ディランのバック・バンドを経て、六八年に発表したデビュー・アルバム『ミュージック・フロム・ビッグ・ピンク』を皮切りに、次々に名アルバムを発表、アメリカン・ロックの代表的存在となる。ザ・バンドの魅力は、メンバーがまったく妥協せず、それぞれの持ち場でめいっぱい自己主張しながら、全体として見事に調和し、独特の世界を構成しているところにあると思う。

もっとも、ザ・バンドは今はもうない。七六年、グループとしての活動を停止、その後、再結成されたが、八六年にピアノのリチャード、一昨年にはベースのリックが死去したため、文字通り伝説のロック・グループと化した。

しかし、メンバーのなかで、私の一番好きなドラマーのレヴォンは、あいかわらず無頼のロックンローラーの雰囲気を濃厚に漂わせながら、元気で活躍中の由。そんなこんなで、私は今なお飽くことなく、ザ・バンドの古いアルバムを聴きつづけ、そのたびに気分爽快、「やっぱり思ったように生きなければ……」などと、元気になるのである。

ザ・バンドについで好きなのは、「スロー・ハンド」と異名をとるロック・ギターの名手、エリック・クラプトンだ（歌もすごい）。ただ、「運命共同体」のような強い絆で結ばれた、ザ・バンドとは対照的に、クラプトンはどうもグループに馴染まない、孤高のロックンローラーである。

その数ある名アルバム・名曲のなかで、いつ聴いても心が躍るのは、やはり「いとしのレイラ」だ。七〇年に発表されたこの曲は、親友ジョージ・ハリスン（ビートルズの一人）の妻だったパティへの激しい思いを、ほとばしるように表現した傑作である。

クラプトンはそれから二十二年後の九二年、今度はアコースティック・ギターを弾きながら、「いとしのレイラ」（『アンプラグド』所収）を歌っている。先の激しい「レイラ」とは打って変わった、深い静けさに浸された歌いぶりである。激動のあとの静謐。クラプトンの波瀾万丈の人生を凝縮したような、この静かな「レイラ」を聴くと、同世代の私は身につまされ、つい泣きたいような気分になってしまう。

ザ・バンドもクラプトンも、ロックがメジャーになる前からこの道に入った、いわば筋金入りのロックンローラー第一世代である。世代はずっと下だが、現代中国きってのロックンローラー崔（ツィ）健（ジェン）には、この第一世代と共通するものが感じられる。そのベスト・アルバム『一無所有（イーウースオヨウ）（俺には何もない）』を初めて聴いたとき、私はそこにロックでなければ表現できないような、激しい感情がうねり、噴出していることに驚き、強い衝撃を受けた。

ザ・バンド、クラプトン、崔健。やむにやまれぬ激しさで、世界に揺さぶりをかける彼らのロックを聴くと、どんなに疲れていても、私はたちまち快い刺激を受け、「もう少しがんばってみるかな」という気になるのである。

（『週刊文春』二〇〇一年九月二〇日）

かくれんぼ

子供のころ、よく「かくれんぼ」をした。昔の子供なら誰でも経験のあることだろうが、ときには、あまり上手にかくれすぎたために、鬼に見つけてもらえず、そのまま置いてきぼりになって、心細い思いをしたこともあった。

そういえば、近ごろ、かくれんぼをして遊んでいる子供の姿など、見かけたことがない。家で一人、テレビゲームをしている方が面白くて、かくれんぼや鬼ごっこといった、古典的遊びはすっかり廃れてしまったのだろうか。

私は子供のころ、かくれんぼに限らず、押入れの隅とか、蔵や納戸のタンスの隙間とか、狭い空間に入り込むのが好きだった。そこで、膝をかかえてボンヤリ空想にふけったり、少女雑誌を読んだりしていると、別次元の世界にいるような不思議な気分になった。考えてみれば、こんなふうに狭い空間を好むのは、一種の洞窟趣味なのかも知れない。

それかあらぬか、中国には、洞窟が別世界（異界）への入り口になるという趣向の話がしばしば見られる。東晋の詩人陶淵明の「桃花源記（とうかげんのき）」は、その代表的なものである。

東晋の太元年間（三七六～三七九）、武陵（湖南省）の漁師が谷川を舟でさかのぼるうち、桃の花が咲く林に行きあたった。さらに舟を進めると、谷川の源で林は尽き、山があらわれた。山には小さな洞窟があり、そこからかすかな光がさしている。舟を下り、狭い洞窟をくぐりぬけると、そこにはなんとのどかな隠れ里が広がっていた。この隠れ里は五百年以上、外界と没交渉ですごして来た人々の住む別世界だったのである。

人々は漁師を歓待してくれたが、数日後、彼が帰るとき、くれぐれもこの隠れ里のことを他言しないようにと注意した。しかし、漁師は帰る途中、所々に目印を付け、武陵の城下につくや、この隠れ里のことを郡の長官に報告した。長官はさっそく漁師に道案内させようとしたが、いくら目印を頼りに道を探してもみつからず、二度と桃源郷の隠れ里に到達することはできなかった。

「桃源境（あるいは桃源郷）」のもとになるこの話では、たまたま漁師が「洞窟」をくぐりぬけ、幻の理想郷たる桃花源の村に到達したとされる点が、大いに注目される。ちなみに、中国の古い物語のなかには、洞窟ではなく、樹木や枕の穴が不思議の世界への通路として設定されているものもある。唐代伝奇小説の「枕中記」（沈既済作）、「南柯太守伝」（李公佐作）がこれにあたる。

このうち、「枕中記」では、茶店で出会った仙人から青磁の枕を借りた書生がうたた寝をするうち、枕の両端に開いていた穴がみるみる拡大し、その中に吸い込まれてゆく。この枕のなかの世界で、書生は栄耀栄華を極めるが、実はすべて夢。もとの茶店でほんの短時間、眠っていただけだった。

「南柯太守伝」の物語展開も同工異曲であり、ある人物が槐の木の穴に入り込み、その中に広がる槐安国なる国で波瀾万丈の生活を送るが、これも実は夢。後で調べてみると、樹の穴の奥に蟻の巣があり、彼は蟻の王国を遍歴していたことが判明する。

この三つの古い幻想物語に共通するのは、主人公が洞窟・枕の穴・樹の穴など、狭くて暗い空間をくぐりぬけて、異界へ到達したとされていることである。だとすれば、私もまた子供のころ、狭くて暗い隙間に身をひそめながら、「不思議の国のアリス」ではないが、無意識のうちに、隙間の奥に広がる異界への夢をつむいでいたのかもしれない。

かくれんぼが好きだった子供のころの性癖は、それから半世紀近く経過した今も、基本的に変わらない。私の研究室には、所狭しと本棚が並べ立てられ、はみだした本があたり一面に散らばり、そのあいまの狭い空間に机と椅子が置いてある。この狭い空間に座っていると、なぜか気分がいいのだから、まさに「三つ子の魂百までも」というしかない。

（『北國新聞』「北風抄」二〇〇一年一一月一一日）

私のコーヒー物語

私はコーヒーが好きで、一日に十数杯は軽く飲んでしまう。つらつら考えてみるに、私のコーヒー歴は今を去ること四十数年、小学生時代に始まる。そのころ、家に古びたサイフォン式のコーヒー沸かし器があり、両親が時々これでコーヒーを飲んでいた。日曜日にいつもよりゆっくり寝ていると、茶の間の方からボコッボコッという音とともに、コーヒーのなんとも言えないいい香りが漂って来る。ある日、好奇心を抑えきれず、私も飲みたいと申し出て、恐る恐る飲んでみた。そのときは苦いばかりで、とてもおいしいとは思えなかったけれども、いつしか癖になり、日曜日ごとにコーヒーを飲むのが楽しみになった。

そのうち、母愛用の古めかしいサイフォン式コーヒー沸かし器が手に入らなくなったこともあって、高校のころから、インスタント・コーヒーを飲むようになった。ちなみに、当時（一九六〇年代初め）のインスタント・コーヒーは缶入りだった。これは飲みたいとき、いつでも飲める手軽さが魅力で、おりしも受験勉強の真っ最中だったので、われながら恐ろしいほどよく飲んだ。

大学生になったとたん、待ってましたとばかり、喫茶店でコーヒーを飲むようになった。私が大学に入学したのは一九六二年だが、このころは実にいろいろな喫茶店があった。名曲喫茶、ジャズ喫茶……。このうち京都でも有名な店には、一通りざっと行ってみたけれど、けっきょくこういう店は値段も張るし、おいしいコーヒーが飲みたいだけの私には、不向きだった。さりげない雰囲気で、一人ですっと自然に入れて、おいしいコーヒーが飲める店。そんな喫茶店を大学のまわりや、交通機関の乗り換え地点にいくつか見つけ、大学時代から大学院時代を通じてよく行った。

不思議なことに、一九七六年から九五年まで、金沢大学に勤めていた十九年間は、ほとんど喫茶店に行かなかった。勤めの身になって、時間的にも気分的にも学生時代のように、自分の好みに合うコーヒーにめぐりあうまで、あの店この店と、遍歴するゆとりがなくなったせいかもしれない。もっとも、その反動もあって自宅では、インスタントやらドリップ式やら、それこそ浴びるようにコーヒーを飲み続けていたけれども。

九五年、京都にもどってからは、また昔よく通った喫茶店に時々行くようになった。うれしいことに、どの店も健在で味も変わらない。ただ、いちばん驚いたのは客層が大変化したことだ。私の学生時代には、喫茶店に入って来るのは、一人であれアベックであれグループであれ、若い年齢層と相場が決まっていた。ところが今は違うのだ。喫茶店利用族の年齢層が著しく上がり、七十代から四十代後半が圧倒的多数を占める。

私の好きな大学付近の喫茶店など、杖をついた老紳士が入ってきたかと思うと、散歩の途中なのか、連れている犬を舗道の柵にヒョイとくくり付け、中年後期の女性が物慣れた足取りで入って来る。そうかと思えば、時には八十代かと思われる女性がさっと入って来て、コーヒーとケーキを注文し、文庫本を読み出したりする。こうした人々を見ていると、若いころ喫茶店でコーヒーを飲む習慣が身につき、その習性が歳月をこえて、いつまでも生きつづけているとしか思えない。

考えてみれば、最近、電車に乗っているときも歩いているときも、携帯電話のボタンをクチャクチャ押しながら、ペットボトルの水を飲みつづけている若者の姿をよく見かける。なるほどこれでは喫茶店に入る必要はないわけだ。かくして喫茶店文化・コーヒー文化は、高年齢化の一途をたどるばかり。

それにしても、私は小学校低学年のころからコーヒーを飲み始め、以来ずっと大量に飲みつづけているにもかかわらず、ついぞ胃がおかしくなったこともない。古典的な喫茶店・コーヒー文化を、将来にわたって享受する、資格十分というところだろうか。


（『北國新聞』「北風抄」二〇〇二年二月三日）

物忘れの記

私は粗忽な性格で、よく物忘れをしたり、落とし物をしたりする。人の名前なんかはしょっちゅう忘れ、九十歳になんなんとする老母に、かくかくしかじかの人は何という名前だったろうかと尋ね、教えてもらうこともしばしばだ。

もっとも、老母と二人であぁだ、こうだと言っているうち、それぞれ切れ切れに苗字や名前を思い出し、二人合わせてようやくフルネームになる場合も間々ある。

落とし物に至っては、自慢ではないが、身につけているものは、だいたいすべて一度は、落としたことがあると言ってもいいくらいだ。ただ、不思議なことに、そのままなくしてしまうケースはごくまれで、たいていの物はしばらくすると、どこからともなく出てくる。顕著な例が愛用のシガレットケースである。私はヘビースモーカーなので、どこへ行くときでも、必ずこれを持っていくのだが、この大事なシガレットケースをいったい何度落としたことか。とても十回や二十回ではきかないほど、行く先々で落としつづけてきた。

精神分析で有名なフロイトに、『日常生活の精神病理学』という著作がある。ここで、フロイトは名前を忘れたり、物を落としたりする失策行為には、無意識のうちに、何らかの意味で自分にとって不快なものを、排除しようとするケースが多いと述べている。だとすれば、私は無意識のうちに、体にわるいからタバコをやめたいと思っており、それで、のべつまくなしにシガレットケースを落とすのかもしれない。とはいえ、いくら落としても、わが愛用のシガレットケースは必ず出てくる。これは、どんなに体にわるくとも、結局のところ、私にはタバコをやめる意志がないことを、あらわしているのだろうか。

という具合に、難しく考え出せばきりがないのだが、世の中には私に輪をかけた物忘れ型人間も珍しくない。たとえば、知り合いのＩ氏とＴ氏がそうだ。両氏ともまことに飄々とした好ましい風格の持ち主なのだが、何でもすぐに忘れてしまうのが玉にキズ。

Ｉ氏から聞いたところによれば、ある日、Ｔ氏とともに京都市内を歩いていたとき、バッタリ共通の知人に出会った。かつて二人ともたいへん世話になった人なので、にこやかに挨拶をかわし、さりげなく別れた。さあ、それからが大変だった。二人ともどうしてもその人の氏名が思い出せない。いっしょに京都駅から新幹線に乗って、ずっと考えつづけたがやっぱりダメ。I氏の方は東京駅のホームに降りた瞬間、ハッと思い出したが、T氏のほうは教えられるまで、ついに皆目思いつかず、落ち込むことしきりだったという。

物忘れと言えば、数年前、ある会議に出席していたとき、とびきり珍奇な場面に出くわしたことがある。向かい側の席に座っている人が、急にゴソゴソと捜し物を始め、「老眼鏡、持って来なかったのかな。さっきここに置いたと思ったけど」などと、ブツブツつぶやいている。すると、その隣の席に座っていた人が、「最近、私もすぐ物を忘れて困ります」などと言いながら、テーブルの上をかきまわし、いっしょにさがす風情をしている。数分後、老眼鏡を見失った御仁が、隣席の親切な御仁の顔をまじまじと見つめながらこう言った。「失礼ですが、今かけていらっしゃるのは、私の老眼鏡ではないでしょうか」。聞くともなしに、二人のやり取りを聞いていた私は、思わず大声をあげて笑いながら、椅子から転がり落ちそうになってしまった。

世話になった人の氏名を思い出せず、四苦八苦したT氏とI氏も、今あげた老眼鏡騒動の両氏も、どこか突き抜けたような、飄逸なユーモア感覚があり、話を聞いているだけで、楽しい気分になる。最近、暗い話題や深刻な問題が多く、見たり聞いたりするだけでウンザリして、気が滅入ることが多い。その意味では、あっさり不快なことを意識から払いのけ無化してしまう、「物忘れ」の術も、まんざら捨てたものではないのかもしれない。

（『北國新聞』「北風抄」二〇〇二年四月二八日）

幻の祭り

京都は今、祇園祭の季節である。毎年、このころは極端に蒸し暑く、冷房のないところでは、じっとしていてもタラタラ汗が流れる。

私の勤務先には外国の客員研究者が多く、去年はニュージーランド出身の女性研究者がいた。去年の今ごろ、彼女はあまりの蒸し暑さにダウン寸前になり、これは糖分が足りないのだと思い、ドンドン甘い物を食べたが、どうも具合が悪い。そこで医者に行ったところ、汗が出すぎて塩分が不足しているのだと言われ、梅干しを食べたら、ケロッとよくなったと、笑っていた。

ちなみに、彼女は日本人なのだが、乾燥したニュージーランドで数十年も暮らしたため、京都の夏の蒸し暑さに適応できなかったと見える。去年に劣らぬ蒸し暑さのなかで、私は今、彼女の言葉を思い出し、せっせと梅干しを食べている。

それはさておき、蒸し暑さも何のその、今年も祇園祭の宵々山（よいよいやま）（七月十五日）、宵山（十六日）は相変わらず大変な人出のようだが、その大多数はカラフルな浴衣姿の若者だ。私などは鉾や山は見たいけれども、あの人ごみのむせるような熱気を思うと、とても近づく気にはなれない。

私は京都の西陣で小学生時代を過ごしたが、西陣の子供にとって、祇園祭や葵祭など名だたる祭りはほとんど縁がなく、山鉾巡行も葵祭の行列も見たことがなかった。切実な関心があり、心待ちにしていたのは、小学校の裏門の向かいにある小さな神社の祭りだった。それは、源義経をまつる首途(かどで)八幡宮という神社で、毎年九月十五日に秋祭りが催される。

この「八幡さんのお祭り」の日には、道路の両側に数十軒も出店が並び、それはそれは賑やかだった。この日は小学校も午後は授業が休みになる。放課後、息せききって家に帰り、一張羅の着物を着せてもらい、小遣いをもらって、今度はしずしずと縁日に繰り出し、友達と落ち合う。それから、「魔法の箱」を並べた店、古雑誌の店、時代劇スターや相撲取りのブロマイドを並べた店、お好み焼き屋、飴屋等々を一軒一軒のぞきこみ、もらってきた小遣いをきれいさっぱり使い果たす。

せっかく買った「魔法の箱」が家に帰ったとたん、動かなくなり、悔しくて泣きそうになったこともあったが、あの「八幡さんのお祭り」の浮き立つような楽しさは、私にとって祭りの原点として、いまも心に残っている。

かくして四十年。一九九五年春、十九年ぶりに金沢から京都にもどったのを機に、さまざまな思い入れのある西陣にひとまず居を定めた。八幡さんも自転車で一走りのところだ。この年、九月十五日になるのを待ちかね、自転車では置き場に困ると、徒歩でお祭りに出かけた。ところが、ぎっしり並ぶ屋台、着飾った子供たちの歓声を予想していた私の期待は、みごとに裏切られた。なんと紅白の幔幕(まんまく)が張られた鳥居の横に、ポツンと一軒、飴屋の屋台が出ているだけ。子供の姿などどこにもない。昔の賑わい今いずこ。

呆然と立ち尽くしていると、六、七十代の人が時おり鳥居をくぐってお参りに訪れる。私が小学生のころ、二、三十代だった人たちだ。考えてみれば、今や西陣織業者は減少の一途をたどり、居住者の高齢化がすすみ、子供も減る一方。「八幡さんのお祭り」がこんなにも淋しくなるのも当然だと、頭では理解したものの、私にとっての祭りの原点のあまりの変貌ぶりに、すっかり気落ちしてしまった。

こうして、わが「八幡さんの祭り」は、もののみごとに幻の祭りと化したが、それでも昨年春、転居するまで、祭りの当日と元日には、よほど差し支えないかぎり、八幡さん詣でをした。今や八幡さんはビルの谷間に鎮座ましましている。今の住まいは八幡さんとかなり離れているが、時には自転車で遠征し、時移り人変わるさまを痛感しながら、変わる街並みのなかで、ひっそりと息づく八幡さんを訪ねたいと思う。


（『北國新聞』「北風抄」二〇〇二年七月二一日）

映画とともにあった日々

このごろ、ほんとうに映画館に行かなくなった。見たい映画があっても暇がなかったり、億劫になったりして、つい機会を逃してしまう。それでも、しばらく待てば、たいていのものはビデオになるから、それでけっこう満足してしまうことが多い。

私は小学校二年の終わり（昭和二十七年）から小学校六年（昭和三十一年）まで、京都の西陣に住んでいた。自宅のすぐ近くに日本映画の封切り館が立ち並ぶ映画館街があり、ほとんど毎晩のように、家族とともに映画館通いをした。

そのころは祖母・両親・長兄と三番目の兄（次兄は東京にいた）、それに長期滞在する親戚の者等々、つねに十人を越える大家族だったので、夕食がすむと、必ず誰かが映画に行くと言い出す。私は当然のごとく、そのあとについて行って、松竹・大映・東宝・東映・新東宝の五社（のちに日活が加わり六社になる）の映画を、だいたい毎週、くまなく見てまわった。テレビが普及する前、日本映画の全盛期であり、三本立ては言わずもがな、四本立て、五本立てもザラの時代だったから、いったいどれほどの映画を見たことか。

日本映画の創成期から京都の撮影所とともに歩んできた、西陣千本の映画館街には独特の雰囲気があった。たとえば、長久座（ちょうきゅうざ）という大映の封切り館などは、もともとラッパの異名をとった大映のオーナー、永田雅一氏が弁士時代にいつも熱弁をふるっていた、「活動写真」の劇場であり、日本映画の申し子とも言うべき映画館だった。小学生の私は、この長久座で若尾文子や勝新太郎のデビュー作を見た。

ちなみに、この由緒正しき長久座は、その後スーパーとなったが、そのスーパーも閉店し、今や若者向きのレンタルビデオと貸本マンガの店と化している。

それはさておき、よく頭が変にならなかったと思うほど、名作から駄作まで、多種多様、種々雑多な映画を見たが、なにぶん子供だったので、いちばん楽しみにしていたのは、やはり東映の時代劇だった。中村錦之助や東千代之介が大活躍する、「笛吹童子」や「紅孔雀」の連作などは、欠かさず全部しっかり見たので、今でもテーマソングを全曲、まちがえずに歌えるほどだ。

あのころの西陣千本界隈は映画を中心に動いていた。町のそこここに宣伝用のポスターが張られ、歌手や俳優の写真を大量に並べたブロマイド屋もあった。

小学校からの帰り道、同じ方向の友だちと、ポスターを一つ一つチェックしながら、ひとしきり、ああだこうだと話し合ったあげく、町角のブロマイド屋に入り、飽きもせずに写真を眺めるのが楽しみだった（ブロマイドはだいたい月ごとに入れ替えになる）。

太秦の撮影所が比較的近いこともあって、この界隈の住人には、もと映画監督やもと俳優等々、映画関係者も多く、ランドセルをかついだ子供が、連日、えんえん一時間もブロマイド屋に入り浸り、何も買わずに出ていっても、咎める人もなかったのである。

そんな映画浸りの小学生時代を送ったあげく、中学校に入ると同時に、映画館など絶無の郊外に引っ越し、ついに私の映画とともにあった日々は終わった。しばらく、なりをひそめていた私の映画狂いが再発したのは、大学に入ってからだ。さすがに趣味が変わって、ほとんど日本映画は見なくなり、欧米物が中心になった。よく利用したのは、日曜の早朝割引だ。がんばって早起きして出かけ、気にいった映画や難しくて一回見ただけでわからない映画は、そのまま座り込んで二回も三回も見た。なんとも呑気な話である。

いつのころからか、忙しくなって映画館に行けなくなり、家でビデオを見たり、テレビのサスペンス・ドラマを見たりするようになった。たぶん、代償行為なのであろう。

もう少し歳をとって、時間ができたら、せめて週に一度は映画館に行きたい。それが目下の私のささやかな願望である。

（『北國新聞』「北風抄」二〇〇二年九月一日）

食の快楽

私は、食通やグルメとは縁がないけれども、食べ物の味はわりによくわかるほうだと思っている。また、母が九十歳に近くなり、買い物から食事の支度まで私の分担が増えてきたせいもあって、魚・肉・野菜などの鮮度も最近は、見ただけでわかるようになってきた。

実は、大学・大学院さらに助手時代を通じて、ずっと自宅通学だったので、この間、私はほとんど買い物も料理もしたことがなかった。はじめて一人で暮らし、家事万端をやるようになったのは、一九七六年春、金沢大学に赴任したときのことである。なにしろ、ごはんもまともに炊いたことがなかったので、何度も信じられないような大失敗をした。吸い物を作ろうと思い立ったのはよかったが、まず醤油を煮立ててから水をさしたものだから、いくらさしても薄まらず、真っ黒な汁を呆然とみつめていたこともあった。また、ある日曜日、突然、ギョーザをつくろうという気になり、料理の本と首っ引きでつくりはじめた。このときは仕上げは上々、味はすこぶるよかったものの、レシピどおりの分量でやったものだから、ゆうに五十個はあり、とても食べきれず、泣く泣く半分以上、捨てる羽目になった。

こうして失敗を重ねること約一年。帰省のたびに、母から味噌汁・吸い物・煮込み料理等々の作り方を習い、ノートに書きとめるなどして、ようやく基本的な料理はだいたいできるようになった。その後まもなく両親も金沢に移り住み、またまた料理から遠ざかるようになった。しかし、時間の経過とともに、揚げ物や焼き物などは時間があれば自分でするというふうに、また少しずつ台所に立つ機会がふえ、今やほとんどの料理を自分でするようになった。わずかの期間ながら、あの一人暮らしの経験がなければ、とても急にはこなせなかっただろうと、思うことしきりだ。

とはいえ、勤め先から帰宅してすぐ夕食の支度にとりかかるのは、至難のわざであり、平日はデパートの地下食品売り場（デパ地下）で、できあいのものを買って間に合わせることも多い。デパ地下のおかずも、最近はなかなか「すぐれもの」があるが、やはり自分でつくるほうが楽しく充実感がある。毎日やるのは辛いが、料理をしていると無念無想になり、おのずと気分転換できるのが、最大の効用だ（おいしいかどうかは、保証のかぎりではないが）。

私の作る料理などタカが知れているが、中国の文人には名うての食通、料理通がゴマンといる。北宋の大詩人蘇東坡は、その代表的な存在である。蘇東坡は若くして科挙に合格し、官僚としてもすこぶる優秀だったが、中年以降、官界の派閥抗争に巻き込まれ、何度も流刑の憂き目にあい、逆境のどん底に突き落とされた。しかし、楽天的な彼はいついかなるときもめげることなく、どこへ行っても楽しく生きるすべを見出し、悠然と逆境を切り抜けた。そんな蘇東坡がなにより重視したのは、食の快楽だった。

彼は料理好きで、ありあわせの材料を時間をかけて調理し、すばらしい料理に仕立てあげた。豚肉を長時間煮込んだ料理（いわゆる東坡肉（トンポーロウ））や、大根やカブラ菜を煮たり蒸したりする料理（野菜の羹（あつもの））は、そのもっとも得意とする料理だった。また、おいしい食材を発見する能力も抜群であり、流刑地にいるときも特産物をいちはやく見つけ出してシュンの季節に手に入れ、舌鼓をうつなど貪欲なまでに食の快楽を追求しつづけた。

蘇東坡はお金にあかせて高級料理を求めるのではなく、平凡な食材に手を加えておいしい料理に仕立て上げたり、自分の住む土地の特産物をシュンの季節に味わったりして、食の喜びを尽くしながら元気に生きた。蘇東坡にとって料理すること、食べることは、まさしく最良の気分転換の方法だったのである。

蘇東坡の境地にはとても及ばないけれども、私もめんどうがらずに、少しは工夫を凝らして食の快楽に浸り、元気に生きたいものだと思う。

（『北國新聞』「北風抄」二〇〇二年一〇月一三日）

元気な少女たち

この春、今の住まいに引っ越すまでは、西陣に住んでいた。小学生のころ西陣に家があり、私にとって忘れがたい土地だったのである。しかし、四十年ぶりに戻った西陣の町はすっかり変わり果てていた。もはや映画館など一軒もなく、不況で冷え込み、西陣織の機の音もほとんどしない。美化された子供時代の記憶との、あまりの落差に耐えられなかったこともあり、ついに引っ越す決心をしたのだった。

今の住まいは、すぐ近くに銀閣寺、哲学の道、送り火で名高い大文字山（如意が嶽）などがあって、観光客が多いうえ、スーパーも何軒かあり、買い物も便利だ。というわけで、この界隈は今はすっかり賑やかな町になったものの、もともとは京都近郊の「村」だったとおぼしく、その痕跡がときとして表面に浮かび上がることがある。

たとえば、つい先日、近所で秋祭りがあったときのこと。御神輿が出て、界隈をねり歩くところまでは、型通りだったが、驚いたのは、神太鼓を打つセレモニーが盛大に催されたことである。

轟きわたる太鼓の音に驚いて、住まいのマンションのベランダに出てみると、すぐ近くの駐車場に神太鼓が三つセットされ、「そーれ」の掛け声も勇ましく、ハッピ姿の子供たちが約二十人、順番に太鼓を打ち鳴らしているではないか。目を凝らして見ると、小学生とおぼしい少女ばかりだ。おりあしく小雨の降るなか、溌剌とバチを手に、力いっぱい太鼓を鳴らしている元気な少女たちの姿に、私は深い感動をおぼえた。

その二、三日後、また別の元気な少女のグループに出会う機会があった。たまたま近くのスーパーに買い物に出かけ、散歩がてらブラブラ歩いていると、突然、背後から「すみませーん」と声をかけられた。ふりかえると、数人の少女たちが息せききって駆け寄って来る。小学校五、六年生のようだが、全員リュックを背にした勇ましい姿で、どうやらグループ別のハイキングの途中らしい。彼女たちは快活な口調で銀閣寺に行く道をたずね、聞き終わると、いっせいに大きな声で「ありがとうございました」というや、風のように駆けて行った。なんというハキハキとした爽やかさ。私はまたまた深く感動したのだった。

何の衒(てら)いもなく太鼓を打つ少女たち、爽やかにハイキングする少女たち。こんな元気な少女たちを見ていると、彼女たちが大人になるころには、男だとか女だとか、うっとうしい区別をする意識も根底からなくなるかもしれないと、ふと楽しい気分になった。

長らく儒教中心で動いて来た伝統中国においても、文字どおり目からウロコが落ちるような、元気な少女像には事欠かない。

今を去ること千六百年余り、四世紀の東晋時代に生きた、謝道蘊(しゃどううん)はその代表的存在の一人だといえよう。東晋は貴族階層が政治的にも文化的にも優位を占めた時代であり、謝道蘊も「陽夏の謝氏」と呼ばれる大貴族の一族である。幼いころから才気煥発だった彼女は、同年輩の従兄弟たちなど足元にも及ばない聡明さを発揮して、大人たちを驚かせた。（謝道蘊のエピソードについては「雪の連想」一二二〜一二三頁参照——編者注）

だが、聡明な少女謝道蘊は残念ながら、彼女の才に見合った相手に恵まれなかった。夫になった王凝之は、「書聖」王羲之の二男であり、書道の腕はなかなかだが、どうしたわけか、万事につけ間の抜けた、素っ頓狂な奇人だった。つくづく呆れた謝道蘊は、「この世に王郎（王さん）みたいな人がいるとは、思いもよらなかったわ」と嘆いたという。

東晋末の激動期、間の抜けた王郎は「孫恩（そんおん）の乱」と呼ばれる宗教反乱に巻き込まれ、あえなく落命した。このとき、すでに老齢に達していた謝道蘊は、侍女に輿（こし）をかつがせ、自ら刀を振りかざして屋敷の門から出撃し、反乱軍と渡り合って数人を斬り殺した。その気迫に圧倒された反乱軍のリーダーはついに手出しできず、彼女を無罪放免にしたとされる。

見てのとおり、謝道蘊は知性のみならず、その気になれば、武力行使も辞さない果敢さを併せ持っていたが、武勇にすぐれる女性といえば、まず男装の麗人、木蘭（もくらん）に指を屈するだろう。木蘭は、東晋から百年余りあと、中国北部を支配した北魏の時代に、男装して戦場を駆け巡り、数々の武勲をあげた伝説の美少女である。この伝説は以後、手を替え品を替えて取り上げられ、木蘭は芝居など民衆芸能世界のスーパー・ヒロインとなる。

謝道蘊や木蘭は伝統中国が生んだとびきり元気な少女像だが、つまるところ、彼女たちはあくまで例外的存在にほかならない。先日みかけた太鼓を打つ少女やハイキング少女は、けっして例外ではなく、きっと今はこんなふうに元気な少女が圧倒的多数を占めているのであろう。なんと頼もしいことかと、私はつい無性にうれしくなってしまうのである。

(『北國文華』二〇〇二年一二月)

年末奇聞

十二月になってから、私の身辺で珍事件が続発している。まず、十日ほど前の早朝、玄関のチャイムがけたたましく鳴り響いた。

時計をみるとまだ六時。私はいつも夜中まで起きているので、朝が遅く、まだ布団にはいったままだった。老母も最近はゆっくり寝ているので、まだ起きていなかった。誰かが間違ってチャイムを押したのだろうと思い、そのままにしておいたところ、数分後、またチャイムが鳴り、なんだか騒々しい気配がする。

意を決して、インターホンの受話器を取ると、「消防署です」というではないか。何事かと慌ててドアをあけたところ、消防士さんが数人おり、うちのすぐ下の部屋から一一九番通報があったので、駆けつけたが、ドアがしまったままで応答がない由。それからというものは、なかで倒れている人がいるのではないかと、マンションの管理会社に連絡するやら、消防士さんがうちのベランダから非常梯子で下におりるやら、大騒動になった。

約一時間後、消防士さんがいわくいいがたい表情をして、ふたたび現れ、次のように報告された。セキュリティ会社が来て鍵をあけ、中に入ってみると、誰もいなかった。しかし、猫が一匹いて、電話の受話器がはずれており、リダイヤルしてみると、まちがいなく一一九番にかけられていた、と。どういうことだろう。その猫が受話器をはずして、一一九番したのだろうか。これで、猫が室内で倒れていたりすれば、まさに怪談だ。年末には奇妙な事が起きると、ほとほと感じ入ったのだった。ちなみに、わがマンションはペット禁止であり、下の階の住人は管理会社から厳重注意を受けたに相違ない。

この数日後、今度はわが家に珍事件が発生した。どうしたわけか、九十歳近い老母の左足に激痛が走り、突然、歩くこともできなくなったのである。これは大変と、慌てて近くの整形外科に連れていくと、院長先生がすぐレントゲンをかけ、念入りに診察してくださった。しかし、どこといって悪いところもないらしく、院長先生は首をひねられ、湿布薬やら塗り薬やら痛み止めの飲み薬やらをくださって、しばらく様子をみましょうとおっしゃった。

これをベタベタと塗ったり貼ったりすると、翌日には痛みも消えたらしく、老母はみるみる元気になり、そろそろと歩けるようになった。前日には、立てない、歩けないと大変だったのに。いったいどうなっているのと、私は安心すると同時に、がっくり疲れてしまった。

こうした老母の激痛騒動が一段落した直後、なんと今度はみるみるうちに、私の鼻が赤くはれ上がってきたではないか。メガネのフレームに圧迫されたためだと、はれの原因はすぐわかったが、それにしても変だ。私は『三国志演義』の個人全訳を仕上げ、目下、最後の校正の追い込み中で、ずっとメガネ（乱視の入った老眼鏡だ）をかけっぱなしなのだが、かけっぱなしは何も今に始まったことではない。きっと積もり積もった疲労がここにきて爆発し、鼻に出たものとみえる。おかげで、せっかくの大学教養部時代の同窓会に、赤くはれた鼻をして出席する羽目になり、わが身の不運をしみじみと嘆いたことであった。

考えてみると、昔から年末になると、よくモノが故障した。大晦日にゆっくり「紅白歌合戦」でも見ようと思うと、突然テレビが映らなくなり、電気屋さんに来てもらったことも何度かある。最近はテレビの性能もよくなったのか、さすがにそんなことはなくなったが、年齢を重ねた老母と私の身体の方がこうして突如、ストライキを起こすのだから、まったく笑ってしまう。

今年、二十三回忌をした亡父は、妙にのんびりしたところのある人で、暮れの忙しいさかりに、ひとり悠然と映画を見に出かけたりしていた。私も亡父を見習って、カリカリいらつかず、ゆったりと年の瀬を送りたいものだと、まだはれのひかない鼻を恨めしげに鏡にうつしてみながら、つくづく思うばかり。

（『北國新聞』「北風抄」二〇〇二年一二月二九日）

至福のとき

『メイキング・オブ・ザ・バンド』（一九九七年）というビデオテープをよく見る。私の好きなアメリカン・ロックのグループ、ザ・バンドのベストアルバム『ザ・バンド』（一九六九年）の制作過程を追体験したドキュメントである。ザ・バンドのメンバーは五人。アメリカ南部アーカンソー出身のドラマー、レヴォン・ヘルムと四人のカナダ人、すなわちギターのロビー・ロバートソン、ベースのリック・ダンコ、ピアノのリチャード・マニュエル、キーボードおよびオルガンのガース・ハドスンの面々である。

一九六三年、二十歳そこそこの彼らはバンドを組み、自分たちのロックを求めて旅立つ。最初はドサ回りだったが、腕とセンスのよさを買われて、六六年、フォークからロックに転向したてのボブ・ディランのバック・バンドに採用される。やがて、ボブ・ディランが大ケガをして、ニューヨーク郊外ウッドストックに隠棲したのを機に、ザ・バンドもこの地に移り住む。豊かな自然に囲まれたウッドストックの生活はザ・バンドを大きく変えた。それまで、浮草稼業の日々を送っていた彼らは、巨大な空き家（通称ビッグ・ピンク）を借りて腰を据え、共同生活を送りながら、日夜、曲作りに励むようになったのだ。

この音楽浸りの日々から、ロック史上に輝く名アルバム『ミュージック・フロム・ビッグ・ピンク』（六八年）、『ザ・バンド』が生みだされ、ザ・バンドはいちやく脚光を浴びる。ザ・バンドの魅力は、五人のロックンローラーがおたがいにまったく妥協せず、それぞれの持ち場で目いっぱい自己主張しながら、全体としてみごとに調和し、多様な要素が混然と一体化した独特の世界をかたちづくっているところにある。これが実に快く、私はえんえんと彼らのアルバムを聞きつづけ、今でも聞くたびに気分が昂揚する。

ウッドストックで喜々として隠遁生活を送ったことからわかるように、ザ・バンドにとって大切なのは、自分たちにとって気持ちのよい音楽を作ることだった。自らの快感原則を重視する彼らが、巨大ビジネス化したロック業界を巧みに泳げるわけもなく、七六年には活動を停止、ザ・バンドは今や伝説のロック・グループと化した。ウッドストックの隠棲から約三十年後、『メイキング・オブ・ザ・バンド』に登場するドラマーのレヴォンは、つかのまの至福のときを楽しげに語りながら、実にすがすがしい表情をしている。

中国の隠者グループといえば、まず「竹林の七賢」に指を屈するだろう。三世紀中頃、魏晋の王朝交替期に、阮籍（げんせき）・嵆康（けいこう）・山濤（さんとう）・劉伶（りゅうれい）・阮咸（げんかん）・向秀（しょうしゅう）・王戎（おうじゅう）の七人は、老荘思想の無為自然をモットーに、危険に満ちた俗世間との関わりを忌避し、自分自身にとって快適な生き方を追求した。ユニークな個性をもつ彼らはたがいの差異を認めあいながら、竹林に集まって酒を飲み、清談（哲学談議）や音楽（嵇康は琴、阮咸は琵琶の名手だった）を楽しみ、盛大な気晴らしをした。七賢の竹林の清遊はほぼ十年にわたってつづけられたが、やがて政治的圧迫がつよまって各人各様の対応を迫られ、自然消滅するに至る。

ザ・バンドのウッドストック隠棲、七賢の竹林清遊。至福のときに終わりは付き物だ。しかし、事多き人の世において、志向を同じくする者が集い、快感原則最優先の至福のひとときをもてただけでも、奇跡的幸運というべきだと、ザ・バンドを聞きながら思うばかり。

（『エンタクシー』秋号、二〇〇三年一〇月）

勤勉と快楽の間

最近、不思議なことがあった。三十年近く愛用していた小さなねじ巻き式の置時計がとうとう動かなくなったので、思いきって捨てることにし、不燃ごみ用のポリ袋に入れて、玄関のたたきに出しておいた。その夜のこと、廊下に出ると、どこかでチクタクと「時限爆弾」のような音がする。気味がわるくて、音源をたどってみたところ、なんとごみ袋のなかで、くだんの時計が元気よく動いているではないか。

捨てられると思った瞬間、甦ったのだろうか。古い器物は妖怪化して「付喪神（つくもがみ）」になるというが、わが古時計もついにその境地に達したのだろうか。ちなみに、甦った付喪神時計は今も箪笥（たんす）の上に鎮座し、せっせと動きつづけている（ただし、一日に二十分あまり早くなるが）。

私は時計を気にする性格で、目的地めざして歩いているときなどは、つい三、四分ごとに腕時計を見てしまう。だからといって、けっして分刻みの合理的な生活をしているわけではなく、時計に目もくれず、何時間もボーッとしていることもよくある。もしかしたら私はこうして慌ただしく流れる日常の時間性を遮断し、つかのまでもエアポケットに入ったような無時間性に浸ることによって、心身のバランスを保っているのかもしれない。

中国には、時の流れをテーマにした詩句や成句はヤマとあるが、その時間感覚はおおむね二種に分けられる。一つは「少年老い易く学成り難し、一寸の光陰軽んずべからず」（朱子「偶成」）に見られるように、あっというまに過ぎ去る時間を「有意義」に過ごすべきだとするもの、今一つは「昼は短かきに夜は長きに苦しまば、何ぞ燭を秉（と）りて遊ばざる」（「古詩十九首」其の十五）に見られるように、どうせ有限の命なら思いきり快楽を尽くそうとするものである。

がんばりどおしで暮らすのもつらい話。キンベンとほどほどの快楽を織りまぜながら、日々のびやかに過ごしたいと願うばかり。

（『読売新聞』夕刊「仕事／私事」二〇〇四年一二月八日）

鞄は小宇宙

私はいろいろなものを持ち歩く性格で、勤め先に行くときも、つい本やら種々のプリントやらフロッピーやらを、ごたごた鞄に詰めこんでしまう。本にしても、電車のなかで読むもの、研究室で使うものというふうに、思いつくたびに詰めこむので、鞄は重くなる一方、約一時間バスや私鉄を乗り継ぎ、勤め先にたどりつくころは、もうへとへとだ。

考えてみれば、バスは揺れて本が読めないし、私鉄は十分たらずしか乗らないので、数ページめくったらもう下車しなくてはならない。研究室用の種々の「道具」も、雑用をしたり会議に出たりしているうちに、あっというまに時間がたち、鞄を開ける暇もなく、まったく使わないで帰宅することもしばしばだ。それでも性懲りもなく、夜になるとまた、明日こそはなどと思いながら、鞄にあれこれ詰めこんでしまう。

もともと子供のころから、私は鞄が好きで、今でも目に付くものはすぐ買いたくなる。しかし、いくら注意していても失敗率が高く、けっきょく使い勝手のいいものをボロボロになるまで使うことが多い。それにしても、なぜこんなに鞄が好きなのか。つらつら思うに、鞄というものは、ものを詰めこむときも楽しいが、開けるとき、何が出てくるかわかっていても、一瞬わくわくとスリリングな気分がして、これが得もいわれない快感なのだ。

中国の六朝時代、梁代の文人呉均（ごきん）（四六九〜五二〇）が著した怪異短篇小説「陽羨鵝籠（ようせんがろう）」は、鞄ならぬ籠（かご）を素材にした物語である。ここに描かれる神秘な籠はいわば一種の小宇宙であり、籠のなかから書生、美女、美酒、山海の珍味が続々とあらわれ、ひとしきり夢の饗宴を繰り広げるというものだ。

わたしはなぜかこの物語がとても好きだ。おそらく鞄志向とどこかで繋がっているのであろう。現実問題としては、鞄を開ける瞬間を楽しむだけでなく、詰めこんだ中身を「活用」しなければとは、重々わかっているのだけれども。


（『読売新聞』夕刊「仕事／私事」二〇〇四年一二月一五日）

老眼鏡歌った詩　多いが

老眼鏡（近ごろは「お手元眼鏡」というようだが）を使いはじめてから、もう十数年になる。もともと目がよく、遠くも近くも可視範囲のものはすべて見えると、ひそかに自負していたのだが、今や老眼に乱視や遠視も加わり、なんともひどい話になってしまった。

それまで眼鏡をかけたことがなかったので、最初のころは、人前で「おもむろに」眼鏡を取り出してかけると、妙にうれしい気分になったりした。しかし、そのうち困ったことがおきるようになった。生来、うかつな性格なので、大事な老眼鏡がしょっちゅう行方不明になるのである。だいたい出てきて「一件落着」となるが、つい二年ほど前にはとうとう完全に無くしてしまい、けっこう高価な眼鏡だったので、ショックが大きく、つくづく我が身の愚かさを呪ったことであった。

中国の版本は字が大きいので、昔の中国人は老眼鏡なしで読んでいたかというと、どうもそうではないらしい。記録によれば、中国に老眼鏡が初めて輸入されたのは、十三世紀前半の南宋であり、以来、十七世紀前半の明末まで輸入物がほとんどだったようだ。十七世紀後半から十八世紀前半の清代初期になると、国産品も出回り、一気に利用者もふえる。

ちなみに、清代中期の文人にして歴史家の趙翼（ちょうよく）は「初めて眼鏡を用う」という詩のなかで、「長縄（ちょうじょう）双日（そうじつ）を繋（つな）ぎ、横橋（おうきょう）鼻に向（お）いて跨（また）ぐ」と歌っている。長縄は長いひも状のもの（おそらく金属製）、双日は二つのレンズをあらわしているから、当時の眼鏡もかっこうそのものは、現在と大差ないことがわかる。ほかにも老眼鏡を歌った詩は数多いが、老眼鏡を落として困ったなどと嘆いている作品はない。鷹揚な中国の文人でさえそんな失敗はしないのだ。私も気を抜かず、しっかり眼鏡のありかを記憶しておかねばと、自分に言い聞かせるしだい。

（『読売新聞』夕刊「仕事／私事」二〇〇四年一二月二二日）

道具にこだわらず

完全にワープロで原稿を書くようになったのは、一九九〇年代の初めである。以来、十数年、使ったワープロの器械は四台、そのうち二台はまだ健在だ。この二台は本当に働き者であり、四百字詰めにして五千枚を超える『三国志演義』の翻訳にも耐え抜き、印刷機能もまだ衰えをみせない。数年前からパソコンも使うようになったが、パソコンはメールや図書の検索などに使うだけで、原稿はずっとワープロだった。

しかし、ワープロが老朽化し壊れても、代替品をみつけることができない状勢になってきたため、一年ほど前、思い切って原稿書きもパソコンに切り替えることにした。難しい操作をする気はなく、ただ原稿を書くだけなので、切り替えは思ったほど困難ではなかった。馴れてみれば、原稿の保存も楽だし、印刷も速いし、なるほどパソコンは便利である。というわけで、今やすっかりパソコン派になったけれども、「歴戦の勇士」たる二台のワープロはまだまだ活躍をつづけている。というのも、このワープロにはコピー機能が付いており、ときとしてたいへん役に立つことがあるのだ。

総じて、私は手書きからワープロに変わるときも、ワープロからパソコンに変わるときも、「いつのまにか」という感じで、ほとんど気分的に抵抗はなかった。おそらく書く道具にこだわらないタイプなのだろう。中国の名うての書家を引き合いに出すのも気がひけるが、彼らのなかにも、筆・墨・紙などに徹底してこだわるタイプと、そうしたものに無頓着なタイプとがあり、後者の代表とされるのは初唐の欧陽詢（おうようじゅん）（五五七〜六四一）である。彼は「能書は筆を選ばず」、あれこれ筆や紙を選ばず、どんなものにでも書いた正真正銘の名手だったとされる。欧陽詢をみならって、手書きであれワープロであれパソコンであれ、道具にこだわらず、自然に思いを紡ぐ文章を書きつづりたいものである。

（『読売新聞』夕刊「仕事／私事」二〇〇五年一月五日）

中国の灯節――闇夜を照らすカーニバル

近ごろ、政治面でも社会面でも気の滅入るような暗い事件が多く、世の中狂っていると、つくづくうんざりする。そんなとき、闇の中にきらめくイルミネーションを見ると、ふと心がなごむ。私の勤め先のあたりでは、クリスマスが近づくと、思い思いに工夫を凝らしたイルミネーションを飾りつける住宅が多い。わが家の近くにも今年、盛大なイルミネーションを施した住宅が出現し、楽しみがふえたとばかりに、毎日うっとり見とれている。

中国で昔から灯り(あか)の祭典として知られるのは、旧暦一月十五日、上元節（元宵節とも）の灯節(ドンジエ)である。灯節には町のいたるところに提灯山が設けられ、夜間交通禁止令も解除されて、夜どおし見物客でごったがえす。このため、伝統中国の恋物語にはふだん外出などしない、深窓の令嬢や奥方も着飾って見物に繰り出す。このたため、伝統中国の恋物語には灯節の出会いを契機とするものがたいへん多い。また、灯節の日には幽霊も出現し、生者と幽明さかいを越えた交歓をする物語も、数多く見られる。

灯節の起源については諸説あって一定しないが、もともとは非業の死を遂げた女性の鎮魂の祭りだったという説もある。つまるところ、伝統中国の灯節は、階層の上下を問わず、老いも若きも男も女も、さらには生ける者も死せる者も、雑踏にもまれながら、うきうきと提灯山を見物し、すかっと気晴らしをするのである。

伝統中国では、灯節すなわち上元節のほか、旧暦七月十五日の中元節、十月十五日の下元節がある。上元・中元・下元は道教にもとづく言い方だが、中元節は仏教と結びついて盂蘭盆会(うらぼんえ)となり、死者を鎮魂するための燈籠(とうろう)流しがおこなわれる。これまた灯りの祭典である。下元節は上元節や中元節ほど盛んではないが、やはり祖先の霊を祭る日だとされる。日本ではお中元や燈籠流しなど、中元節の行事のみが加工されて移植され、上元節も下元節も根付かなかった。まさしく所変われば品変わる、おもしろい現象である。

それはさておき、こうして見ると、灯節の提灯山も中元節（盂蘭盆会）の燈籠流しも、闇をつらぬく灯りを見ながら、生きとし生ける者が、さらにまた生者と死者が一瞬、深くおおらかに共生するカーニバルの仕掛けだったといえよう。この灯りのカーニバルを経て、人々は浄化され、また日常に回帰してゆく。大震災で多くの死者を出した神戸の町で、光の祭典が盛大におこなわれているのも、おそらくこうした意味なのであろう。

ちかごろは、ひきこもってパソコンをいじりながら、際限もなく仮想空間で一人遊びをつづけることも不可能ではない。しかし、灯節のようなカーニバル空間で晴れ晴れと自己解放することは無理としても、せめてイルミネーションを見ながらいい気分になり、自分がさまざまな関係性のなかで、今、生きていることを再確認したいものだと思う。

（『京都新聞』「ソフィア」二〇〇五年一二月二五日）

京都の春――心のどかに楽しみたい

この冬はことのほか寒さがきびしく、梅の開花もずいぶん遅れたようだ。しかし、このところ一進一退を繰り返しながら、日ごとに春の気配がつよまっており、きっと今月末には桜も咲き、また大勢の見物客でにぎわうことであろう。

伝統中国において、人々がどっと郊外に繰り出し、春景色を楽しむのは清明節である。清明節は二十四節気の一つで、陰暦の春分から十五日目、陽暦では四月五、六日にあたる。この日には一族郎党うちそろって先祖の墓参りを行い、これがすむと、郊外を散策して、青空のもとで食事を楽しむ風習がある。深窓の令嬢や夫人が、おおっぴらに外出するのは、この清明節と陰暦一月十五日の上元節（灯節）だけなので、世話物小説には、この両日に男女のめぐりあいを設定するケースが多い。

十六世紀の明末に著された長篇小説『金瓶梅（きんぺいばい）』にも、清明節の情景を描いた個所（第九十回）がある。中心人物西門慶（せいもんけい）の死後、その一族が墓参りをしている間に、召使いが先に、人々がにぎやかに集う小高い岡を選んで、テントを張り地面にゴザを敷いて、酒や料理をならべる。墓参りをすませた一行はあたりの春景色をめでながら到着し、おもむろに宴会にとりかかるという趣向だ。このときも、一行のなかにいたある女性が、さる高官の御曹司に見初められ、その後、めでたく結ばれることとなる。

清明節の人出は大変なものであり、『金瓶梅』の女性たちが陣取ったような、郊外の景色のいいところは、「輿（こし）や人の往来でごったがえし、車馬は雷のような音をたてて行きかい、歌や管弦は湧き返るように響く」という、騒然たる状態だったらしい。当時は、徒歩が主で、乗り物も上記のようにせいぜい馬車か輿だったものの、道の状態そのものがよくないから、おそらく道路もそうとう混雑し、渋滞したものと思われる。

しかし、同じく渋滞といっても、とても現代とは比較にならない。とりわけ、昨今の京都の市中は、桜や紅葉の季節になると、おびただしい車が道路を埋めつくし、身動きがとれなくなることが多い。この季節には、タクシーに乗れば、ふだんはものの十五分で行ける場所に、一時間以上かかってても到着できないことさえある。これでは、めぐりあいどころか、イライラがつのって、罵りあいがおこっても不思議ではない。というわけで、桜の開花は待ち遠しいが、あの道路の渋滞を思うと、早くもゲンナリしてしまう。

京都に住む者も観光客も、そこここに展開される春景色をゆったり楽しみながら、効率よく移動できる方法はないものだろうか。大きな都市計画もけっこうだが、それよりもまず、無限増殖する車の波をなんとか押しとどめ、「みわたせば柳桜をこきまぜて　都ぞ春の錦なりける」と、心のどかに京都の春を楽しみたいと、願うばかりだ。

（『京都新聞』「ソフィア」二〇〇六年三月二六日）

老いの花　上手に咲かせて

唐代の大詩人杜甫（とほ）（七一二〜七七〇）は「人生　七十　古来稀なり」（「曲江」）と歌った。七十歳を「古稀」と称するのもこの詩句に始まるとされる。しかし、今や高齢化社会の時代、七十歳など稀どころか、高齢のうちにも入らず、どの家にも八十代、九十代の方がおられるといっても過言ではないほどだ。わが家にも九十三歳の老母がいるが、この夏の猛暑がこたえたのか、心身ともに不調に陥った。幸い涼しくなるにつれ、しだいに回復し、ほっとしているところである。老いてゆく母を見ていると、「明日はわが身」だと思われてならない。上手に老いるためにはどうしたらいいのか、そろそろ自分自身の心身ともに快適な老後のために、「老い支度」にとりかからねばと、ふとまじめに考えこんだりしてしまう。

中国の歴史において、寄る年波をものともせず、老いの花を咲かせた人はめずらしくない。後漢王朝（二五～二二〇）創業の功臣、馬援（ばえん）（前一四～後四九）はその顕著な例である。馬援は大器晩成型の人物だが、文武両道、軍事家としても傑出した才能の持ち主だった。彼は最後まで戦場に出ることを望み、主君の光武帝も「矍鑠（かくしゃく）たるかな、是（こ）の翁（おう）は」と笑いながら、出陣を許したとされる。最後の出陣に臨んだとき、馬援は六十二歳。現在ではこの年齢の元気な人を「矍鑠たる翁」とは言わないが、当時の尺度から言えば、まぎれもなく「翁」にほかならない（おそらく当時の六十代は今の八十代に相当するであろう）。

英雄豪傑がしのぎをけずる「三国志」世界にも、百戦錬磨の頼もしい老将が数多く登場する。劉備配下の趙雲、黄忠はその代表的存在である。若いときから危機に強い、プロフェッショナルな武将だった趙雲は老いてなお衰えず、とりわけ負け戦さのさいの引き際の鮮やかさには、目をみはらせるものがある。黄忠は七十を越えた最晩年になってからエネルギー全開、戦場を駆けめぐって強敵を撃破し、文字どおり老いの花を咲かせた。

趙雲ら烈々たる老将に共通するのは、不屈の闘志と夢を見つづける能力である。「三国志」世界きっての英雄にして姦雄でもある曹操（一五五〜二二〇）は、この意味でも群を抜く存在だった。彼はその詩「歩出夏門行（ほしゅつかもんこう）」第五首で、「老驥（ろうき）は櫪（うまや）に伏すも、志は千里に在り、烈士は暮年になるも、壮心は已（や）まず（老いたる名馬は厩に寝そべっていても、千里を走ることを夢み、勇者は晩年になっても、気概を抱きつづける）」と歌い、最後まで戦いぬいた。

曹操の見果てぬ夢は天下統一だったが、そんな大それた話はさておき、読書であれ映画鑑賞であれ、どんな些細なことでも、自分がやりたいこと、好きでたまらないことを見つけ追求しつづけて、頭脳を活性化することが、平凡ながら、快適な老後の秘訣ではないかと思われる。ちなみに、わが老母はむかし習っていた清元や小唄などの邦楽を、記憶の底から浮かびあがらせ、おりにつけては口ずさみながら、穏やかな日を送っている。

（『京都新聞』「ソフィア」二〇〇六年一〇月八日）

本の交流――中村真一郎さんのこと

『世説新語（せせつしんご）』という書物がある。魏晋（三世紀初め～五世紀初め）時代の主役だった貴族たちのエピソードを収録したもので、五世紀中頃、劉宋の時代に編纂された。収録されたエピソードは長短とりまぜ、つごう一一三〇条にのぼる。非現実志向のつよい奇矯な貴族の姿を描いたこのエピソード集は無類の面白さにあふれており、一九八三年、私はこれをテーマにはじめて『中国人の機智――『世説新語』を中心として』という小さな本を書いた。その五年後、機会があって、この『世説新語』の翻訳と注釈にコメントを付した本を出した。とりあげたエピソードは全体の二割程度だが、コメントの分量が多く五百頁近いものになった。

これが出てまもなく、思いがけず中村真一郎さんが書評にとりあげてくださった（毎日新聞夕刊「本を読む」一九八八年十一月八日）。基本的に地味な注釈書であり、人目につくことはないと思いこんでいたので、私はわが目を疑い、天にも昇る心地になった。

これが中村真一郎さんとのご縁の始まりだったが、実はこれより二十年近く前、まだ大学院の学生だったころ、一度、中村さんをお見かけしたことがあった。当時、京大中国文学科の助教授だった高橋和巳さんの研究室に、中村真一郎さんが佐岐えりぬ夫人とごいっしょにおいでになったことがあり、たまたま居合わせた私は紅茶をお出しした。すると、ありふれたティーバッグに熱湯をそそいだだけなのに、中村さんは「大学の研究室でこんなおいしい紅茶を飲めるとは思わなかった」とほめてくださった。その実、私はこのときすぐ失礼したせいもあって、この方がどなたかわからず、あとで高橋さんにうかがったところ、高橋さんは「ほんとにわからなかったんですか」と呆れながら、教えてくださった。私はあの方があの『死の影の下に』の中村真一郎さんだったのかと仰天し、もっとちゃんと見ておけばよかったと後悔したが後の祭りだった。中村真一郎さんはそんなことはむろん記憶にとどめておられなかったであろうが、昔、珍奇な女子学生だった私としては、歳月が流れ、自分の書いた本を目にとめていただけたと思うだけで、感激もひとしおだった。

この『世説新語』以来、私は拙著が出るたびに中村真一郎さんにお送りし、ご著書もいただくようになった。そんななかで、もう一度、拙著を大きく書評にとりあげてくださったことがある。十七世紀初めの明末に編纂された三部の白話短篇小説集「三言」をテーマにした『中国のグロテスク・リアリズム』である。「三言」に収録された百二十篇の短篇小説は、宋代以来、講釈師が演じた語り物のテキスト「話本」と、このスタイルを真似て著された「擬話本」の両方から成るが、いずれにせよ、娯楽性の追求が主眼であり、民衆芸能特有の陽気で猥雑な雰囲気に満ちあふれている。せんじつめれば、『世説新語』が中世貴族社会のカーニバルであるとすれば、「三言」は近世民衆世界のカーニバルだといえよう。もっとも、ハイブローな前者の世界に比べれば、後者はなんとも露骨にして下世話というほかないけれども。

この「三言」の世界を論じるにあたり、私は欧米の現代思想や現代文学理論をどんどん投入するという「冒険」を試みた。中村真一郎さんはこの「冒険」を評価してくださり、「三言」の世界をほんとうに面白がってくださった。この書評（毎日新聞「本をめぐって」一九九二年七月二十九日）を見たとき、内心おっかなびっくりだった私は心からうれしく、大いに意をつよくした。

考えてみれば、ハイブローな面白さと民衆世界の下世話な面白さの双方をとらえる複眼性と、日本文学と中国文学、さらには欧米文学を縦横無尽に交差させて論じる真の意味での横断的手法は、中村真一郎さんの独壇場であり、そのもっとも顕著な成果は『王朝物語――小説の未来に向けて』だと思われる。拙著『中国のグロテスク・リアリズム』は、あるいはそんな中村真一郎さんの感性と意識にふれるものがあったのかもしれず、だとすれば、ほんとうに光栄だったと思う。

ただ、私は当時、欧米の現代思想や現代文学理論をおりにつけ読んではいたけれども、それらはすべて翻訳であり、けっして原著によったわけではない。しかし、フランス語も漢文も原著で読まれていた中村真一郎さんは、私もそうだと思われたのか、あるとき、宋代の中国をテーマにした分厚いフランス語の小説を送って来られ、感想を聞かせてほしいと言われたことがあった。私は教養部のころ、確かに第一外国語にフランス語をとり、修士課程の語学試験にも中国語とフランス語を選択したけれども、なにしろ遠い昔のことであり、すべて忘却の彼方に消えてしまっていた。慌てて半泣きになりながら辞書を引き引き読み進み、それでもわからないところはフランス人の教師に教えてもらって、なんとか最後まで頁をめくりおえ、やっとの思いで感想らしきものを書いてお送りしたのだった。

　こうして本を通じてのご縁はいろいろあったものの、『世説新語』以後、中村真一郎さんには、けっきょく九〇年代の後半、山の上ホテルで催されたパーティのおりに一度お目にかかったきりだった。今や本を出して、これは読んでいただきたいと思っても、もはやかなわず、ほんとうに張り合いのないことだとしみじみ思う。


（『中村真一郎手帖』第二号、水声社、二〇〇七年四月）

食の楽しみ　水と空気から

　人にはもろもろの趣味や楽しみがあるが、食の楽しみは日常的でありながら、変化に富み奥が深い。食材の野菜や魚肉は所変われば品変わる、土地によって微妙な違いがある。

　私はかつて金沢大学に勤め、二十年近くかの地で暮らしたことがある。小学生のころから二十数年住んだ京都を離れ、金沢に移った当初、いちばん食べたいと思ったのはなんとおいしい牛肉であった。京都の牛肉は美味なのだと、そのときはじめて気がついた。また、五月ごろに出る京都産の皮のやわらかいえんどう豆も夢に見るほど懐かしく、季節がくるたび探しまわったけれども、金沢では手に入らなかった。今や京野菜はブランド品だが、確かに葉物、豆類、すぐき（これは漬物だが）等々、京都の野菜には独特の風味がある。

牛肉と野菜ではひけをとるものの、金沢にもむろんよそにはない美味なものがある。魚のいいことは定評があるけれども、私はあまり鮮魚を好まないので、これには感動しなかった。しかし、それよりもっとおいしいものがあった。水である。水がいいから、ふつうの水道水を沸かしインスタント・コーヒーを入れても、実に馥郁（ふくいく）としておいしいのだ。また、金沢では雪どけ水を貯水し、夏場の水道水として供給しているため、暑い盛りでも水道をひねると手の切れるような冷たい水があふれだした。あの冷涼感は今も忘れがたい。

中国には古来、豪奢な食道楽で名を馳せた人々は枚挙に暇（いとま）がないが、お金をかけず工夫を凝らして食の楽しみを満喫したのは、北宋の大文人蘇東坡である。料理好きの蘇東坡はありあわせの食材を手間ひまかけて調理し、独創的な美食を楽しんだ。豚肉をトロトロになるまで煮込んだ料理（いわゆる東坡肉（トンポーロウ））や大根やカブラ菜を煮たり蒸したりする料理（野菜の羹）は彼の十八番だった。また、蘇東坡は左遷されたり流刑されたり、転変常ない生涯を送った人だが、行く先々の特産物を楽しく味わいながら、悠々と逆境を切り抜けた。食の楽しみは人を楽天的にするのである。

ちなみに、蘇東坡はほとんど下戸でお茶を好み、お茶につきものの水についても造詣が深く、水に関する文章を多々著している。蘇東坡を好んだ幸田露伴はこの点に注目し、「人に最も適切なものは水と空気とである。それを後廻しにして生活を論じたり趣味を談じたりする文明は豚の文明である」（「蘇子瞻米元章」）と強い調子で言い切っている。

おいしい野菜も汚染されない空気、水、土壌があってこそ育ち、お茶やコーヒーなどの飲み物も水がよくないと話にならない。いかに人工的な添加物を加えてもシンプルな自然の水にはかなわない。食の楽しみの根源をさかのぼってゆくと、露伴ならずとも文化とは何か、文明とは何ぞやと、予期せぬ大問題が浮上し、思わず考え込んでしまうのである。


（『京都新聞』「ソフィア」二〇〇七年八月一九日）

伝統はゆるやかに継承

先日、テレビのニュースを見ていたら、「二十年前の今日」の映像が流され、思わず見とれてしまった。人の服装はどこか古色蒼然とし、町を行く車や人の動きはよくいえばゆったり、わるくいえばノロノロしている。今とスピード感が違うのだ。

考えてみれば、最近、普段着として和服を着る人はほとんどいなくなったように見える。今、和服といえば何か儀式のさいに着用する「晴れ着」の印象が強い。また、祭りや成人式などには、和服姿の若者も多いが、彼らの場合、色彩感覚も着こなしも、和服の常識からかけ離れた珍奇なケースが多く、人目を引くファッションの一種として「民族衣装」を身に着けているという感じだ。つまるところ、和服は実用的な普段着から、文字どおりハレの日に着用する「晴れ着」や「民族衣装」へと変貌しつつ、受け継がれているといえよう。

私自身をふりかえってみれば、ここ二、三十年で、もっとも大きく変わったのは、書写と通信の方法である。二十年ほど前からワープロを使いはじめ、パソコンに移行したのが数年前。筆圧が非常に強いので、原稿を書くと指がはれあがり、痛くて夜も眠れないので、ワープロを使いはじめたのだが、今や、すっかり病みつきになり、パソコンなしでは生きてはいけないほどだ。パソコンは器械として面白いし、印刷も早い。

パソコンそのものを使いだしたのは存外早く、やはり二十年ほど前からだ。金沢大学で中国語を教えていたとき、試験問題がきれいに作れるというので飛びついたのである。ただ、このときはメールやインターネットなど、パソコンが外部と繋がる通信手段になるという発想は、まだまったくなかったように思われる。二十年前には、急を要する書類や原稿は速達で送ることに相場がきまっていたが、それがファックスになり、今やメールになって、瞬時に相手に届くようになった。まさに隔世の感があると言わざるをえない。

通信手段といえば、携帯電話が普及しはじめてからもう十数年になるだろうか。当初は、電車やバスのなかで大声で携帯をかけている人が多く、そうでなければイヤホンをつけてヘッドホンステレオを聴いている若者も多く、密閉された車内に騒音が渦巻いている感じだった。しかし、今やすっかり様変わりして、黙々と携帯でメールを打ちつづけているか、文庫本などを読んでいる姿が目立つようになり、車内はうってかわって静かになった。これは、手段や方法こそ昔と異なるものの、総じて人が話し言葉から書き言葉へ、音から文字へと、ゆるやかに回帰していることを示しているといえよう。

こうして和服も文字文化も時代とともに変化しながら、脈々と生きつづけているのを見るとき、「伝統」は守りに徹した硬直した姿勢ではなく、時代の変化をやんわり受けとめる柔軟な姿勢によってこそ、受け継がれていくのではないかと、思われるのである。

（『京都新聞』「ソフィア」二〇〇八年一月二七日）

想像めぐらせ架空旅行

秋本番となるにつれ、私の住む銀閣寺界隈にもいちだんと行楽客がふえた。ことに目立つのは元気な中・高年のグループであり、男女をとわず、背中にリュック、足もとにスニーカーというスタイルが多い。そういえば、私の中学時代の同級生も、月に一回、数人集まっては京都近辺の山々をハイキングしており、毎月、メールで案内がくる。私自身はいまだ基本的に夜型なので、早起きしてきりりと身づくろいを整え、山道を闊歩する気力も体力もなく、自転車で家の近くを走りまわるくらいがせいぜいだ。

　山道は苦手だが、一人でちょっとした旅はしてみたいと思う。たとえば、全都道府県の主要都市を順番にめぐってみるのも面白いのではなかろうか。どこへ行っても名所旧跡をまわることもなく、町をぶらつくくらいが関の山だろうが、それでも、つかのま「日常」を離れ、ゆったりした開放感に浸ることはできそうだ。今のところはそんな小さな旅をする余裕もなく、地図をながめながら架空旅行を楽しむしか手がないのだけども。

　架空旅行といえば、清末、李汝珍（一七六三?～一八三〇?）によって著された中国古典長篇小説『鏡花縁』は、英国の『ガリバー旅行記』そこのけ、まことに奇想天外な架空旅行の顛末を描いた作品である。ここには、貿易船に乗りこみ海外漫遊に出かけた主人公が、男女のジェンダーが完全に逆転した「女児国」や、徳の高い人は五色の雲、邪悪な人物は黒雲というように、色分けされた雲に乗って移動する長身族の国「大人国」等々、なんとも奇怪な国々を遍歴し、次々に珍妙な経験をするさまが描かれている。

　架空旅行を楽しむとはいっても、私の空想はむろん『鏡花縁』ほど膨らむことはなく、知らない町でぼんやりした時間をすごすイメージが浮かぶくらいだ。ただ、このイメージの町では、路地から飛び出して来る車や、歩道を猛スピードで走って来る自転車にびくびくすることなく、あくまでのんびりと歩くことができる。私の夢の町のみならず、「観光」も様がわりし、名所旧跡を大急ぎで見物するのではなく、地図を片手にゆっくり歩きまわる人が多いように見受けられる昨今、人気の高い京都の町も、何はともあれ、旅する人が安心して歩けるような環境を整えることが大切だと思う。

（『京都新聞』「ソフィア」二〇〇八年一〇月一九日）

III　花木と親しむ日々　二〇〇九〜

［定年を迎える］

白楽天に学びたい身の処し方

個人的な話だが、私はこの三月で定年になる。けっきょく三十五年つとめたことになるが、すべては夢まぼろしのごとく、ほんのつかのまの出来事だったような気もする。

現代日本の定年は六十歳から六十五歳がふつうだが、伝統中国では官僚の定年を「致仕（ちし）」と称し、古代から七十歳になると自ら願い出て致仕するのが、礼にかなった潔い身の処し方だとされた。しかし、実際にはいつまでも致仕せず、ずるずると居座る者が多かった。

これに対して「七十致仕」を貫いたのは唐代の大詩人白楽天（七七二〜八四六）である。白楽天は官僚としても優秀であり、高位についていたが、かねてから「七十致仕」を願い、七十一歳でようやく完全に退職することができた。このとき、白楽天は七言律詩「刑部尚書もて致仕す」を作り、

全家（ぜんか）　世を逃れて　曾（かつ）て悶（うれ）い無く

半俸（はんぼう）　身を資（たす）けて　亦（ま）た余り有り
（一家そろっての隠遁には、まったく悩みなく、俸給の半分の年金も、生活費としては余裕がある）

と歌った。これによって唐代では定年後、「半俸（俸給の半分）」が年金として給付されたことがわかり、すこぶる興味深い。白楽天はこの「半俸」をもとに、しばし悠々自適の日々を送り、七十五歳でこの世を去った。なんとも羨ましい話だ。

白楽天と対照的なのが、やはり唐代の詩人賀知章（がちしょう）（六五九～七四四）である。自由奔放な言行で知られる賀知章は、官僚としては当然、さほど有能ではなかったが、なんと八十六歳でようやく「致仕」し、若くして離れた故郷に帰り、まもなく死んだ。帰郷したとき、彼は七言絶句「回郷偶書（かいきょうぐうしょ）」を作り、

少小（しょうしょう）　郷（きょう）を離れ　老大（ろうだい）にして帰る
郷音（きょうおん）改むる無きも　鬢毛（びんもう）衰う
（若くして故郷を離れ、年老いて帰ってきた。お国なまりは変わらないが、鬢の毛はうすくなってしまった）

とユーモラスに歌った。これまた、いかにも八十六歳まであっけらかんと官職に居座りつづけた人

物らしい、すっとぼけた味わいのある詩である。

定年まぢかい私としては、やはり白楽天のようにすっきり身を引きたい思いが強い。現今の不安定な社会状況のもと、とても悠々自適の暮らしなど望めそうもないが、せめて気持ちだけでも、「致仕」の解放感に満たされていたいものだと思う。


（『京都新聞』「ソフィア」二〇〇九年二月一五日）

心穏やか　花のある日々

今年の寒さは格別だったが、三月ともなれば、さすがに日差しも暖かくなり、分厚いコートをぬいで、散歩でもしようかという気になる。陽春三月は別れと旅立ちの季節でもある。私も昨年（二〇〇九年）三月末に定年退職し、はやくも一年が経過した。まさに「光陰矢のごとし」である。はなはだ個人的なことながら、この一年、実にいろいろなことがあった。

定年になり、新しい生活のスタイルを整えようとした矢先の四月末、母が九十五歳で他界した。自力で動くことができなくなってから約三か月後、ほんとうに眠るがごとく安らかに逝ったのが、せめてもの慰めだった。しかし、長らくともに暮らしていたこともあって、欠落感が日増しにつのり、人の生死について考えさせられる日がつづいた。そのうち、それまでそんな趣味はまるでなかったのに、あれこれ花を買って来ては飾るようになった。きっと無意識のうちに、欠落感を埋めようとしたのであろう。

以来、花を飾りつづけているが、今や花の種類も多様化し、私の好きなユリ一つとっても、カサブランカだのオリエンタルリリーだの、覚えきれないほど種類があり、いっそう好奇心が刺激される。こうして切り花を飾る一方、花木の鉢を買いこんではベランダに並べ、その成長ぶりに一喜一憂しているのだから、われながら呆れるほどの変身ぶりだ。おそらく定年になった解放感と母の不在から生じた欠落感が融合し、こんな一種の花狂いになってあらわれたのであろう。そうこうしているうちに、少しずつ気分も安定し、読んだり書いたりするのも楽しくなってきた。植物には絶大な癒し効果があるというほかない。

ちなみに、十三世紀後半の南宋後期、陳起という詩人はその七言絶句「早く起く」において、次のように歌っている。

今早(こんそう)　神(こころ)清くして歩みの軽きを覚ゆ
藜(あかざ)を杖つき聊(いささ)か復た前庭に到る
市声も亦た関情(かんじょう)の処(ところ)有り
秋花を買い得て小瓶に挿(さ)す

（今朝はすがすがしい気分で、足どりも軽く感じ、あかざの杖をついて、ちょっとまた前庭まで出てきた。物売りの呼び声にも心ひかれるものがあり、秋の花が買えたので、小さな花瓶に挿した）

花を買って小さな花瓶に挿しただけで、そこはかとない幸福感が広がる。そんなふうに心穏やかに、きめこまかな日々を過ごしたいものである。

（『京都新聞』「ソフィア」二〇一〇年三月七日）

陽気が導く爽快な老い

今年の夏は異常な高温がつづいた。気候が不穏であるのみならず、高齢者の所在不明が次々に発覚するなど、社会が深く病んでいることを実感させられる事件も多かった。そんなこともあり、明日は敬老の日だが、老いるとはどういうことかと考えさせられてしまう。

中国も今や核家族の時代だが、かつては何世代もの親族が同居する大家族がふつうだった。大家族制を支えるポイントは男女を問わず、世代の上の者を無条件に尊重することであり、長生きした祖母や母の力には絶大なものがあった。

十八世紀中頃の清代中期に著された長篇小説『紅楼夢』は、「大貴族」賈家の生活を精緻に描く作品だが、数十人に上る一族の頂点に立つのは、当主の母にあたる賈母にほかならない。堂々と君臨する賈母を核として、大勢の登場人物が複雑に交錯する華麗な物語世界が展開されるのである。

これは小説の話だが、歴史的に見ても、伝統中国において颯爽たるイメージにあふれる祖母や母の話は枚挙に暇がない。たとえば、東晋の大貴族「陽夏の謝氏」出身の快活な才媛、謝道蘊は高齢になっても気迫十分、動乱のただ中に子孫を守るため、輿に乗って出撃し、反乱軍のリーダーを恐れ入らせて、みごと危機を切り抜けたという。

賈母にせよ謝道蘊にせよ、加齢とともに磨きのかかった物怖じしない明るさが身上であり、その生き方には胸のすく痛快さがある。こうしたみごとな女性の老い方に対し、むろん羨むべき老年を我がものとした男性の例も数多い。たとえば、清代中期の大文人袁枚（一七一六〜一七九七）がそうだ。袁枚は若くして科挙に合格し地方長官になったが、三十代なかばで官界を引退、以後は文筆で収入を得て、名園「随園」で悠々自適の暮らしを楽しみ、膨大な著作をあらわしながら、当時としてはとびきり長寿の八十二歳の生涯を送った。

今あげた爽快な老いの季節をすごした人々に共通するのは、何事にもこだわらず、自由にのびのびと、楽天的な気分で生きたことである。もっとも、私事ながら、昨年春、九十五歳で他界した私の母は陽性で明朗な半面、ちょっとした事が気になる心配性だった。それでも元気に長寿を保ったのだから、個人差はあるのだろうが、私自身としては何事にもいらつかず、まずは陽気にのんびり過ごしたいものだと思う。

（『京都新聞』「ソフィア」二〇一〇年九月一九日）

ストレスのない生きかた

高齢化社会の現代では、百歳近い長寿を保つ人もまれではない。しかし、洋の東西を問わず、近代以前は六十歳まで生きたならば、長生きの部類に入ったと思われる。伝統中国も同様だが、なかには例外的に八十代、九十代まで元気はつらつと生きた人々も存在する。

たとえば、南宋の大詩人陸游（りくゆう）（一一二五～一二〇九）がそうだ。陸游は女真族王朝金（きん）との対決を主張しつづけたため、科挙にも合格できず不遇の生涯を送った。しかし、柔軟な感覚をもって一万首近い多種多様の詩を作り、悠々と八十五歳の天寿をまっとうした。

陸游と同時代を生きた、やはり南宋の大詩人楊万里（ようばんり）（一一二七～一二〇六）も敢然とわが道を行った人物である。彼は科挙に合格し、重職を歴任したが、これまた金との対決を主張しつづけるなど、すこぶる剛直であった。このため、晩年は不遇だったが、意気消沈することなく、湧き出るように詩を作りつづけ、思いのまま八十歳まで生きた。

ちなみに、楊万里をよく知る陸游は、楊万里の隠棲地に赴任した息子に詩を贈り、

又た楊誠斎（ようせいさい）の若き（ごと）は
清介（せいかい）　世に比ぶる莫（な）し
（中略）
汝は但だ起居を問い
余事は歯（し）に挂（か）くる勿（なか）かれ

と歌った。楊万里（誠斎は号）は潔癖な人だから、訪問しても季節の挨拶にとどめ、お世辞など言うなと、息子を戒めているのである。その硬骨漢ぶりがわかろうというものだ。

一六四四年、明が滅亡、満州族の清が中国全土を支配した後、明の遺民として生きぬいた人々のなかにも、詩人の林古度（りんこど）（一五八〇〜一六六六）や随筆『陶庵夢憶（とうあんむおく）』で知られる文人の張岱（ちょうたい）（一五九七〜一六八九？）をはじめ、筋金入りの硬骨漢が多い。林古度は七言絶句「金陵冬夜（きんりょうとうや）」で、まさに赤貧洗うがごとき、自らの隠遁生活を次のように歌っている。

老来　貧困　実（まこと）に嗟（なげ）くに堪えたり
寒気　偏（ひと）えに我が一家に帰す

被無ければ　夜眠るに破絮を牽く
渾べて孤鶴の蘆花に入るが如し
（年老いてからの貧乏は、ほんとうに嘆かわしい。寒気はひたすらわが家に集まってくる。かけ布団がないので、夜寝るときはボロ綿を引きよせる。まったくもって、群れを離れた鶴が白い蘆の花のなかに入るようだ）

ボロ綿をかぶって寝る貧乏暮らしを、ことさら美しい比喩を用いて歌う、ユーモア感覚抜群の詩である。この余裕あふれるユーモア感覚をもって、林古度は八十七歳の生をまっとうした。ちなみに、今ひとりの張岱に至っては、貧窮のどん底で膨大な作品を著しながら、一説では、なんと九十三歳まで明るく生きた。タフというしかない。

ここにあげた陸游、楊万里、林古度、張岱に共通するのは、自分にとって不快なことは決してやらず、思うがままに生きようとする断固たる態度と、何事も笑いとばす強靭なユーモア感覚である。こうして快楽原則にのっとり、ストレスのない生きかたをしたからこそ、まれにみる長寿を保つことができたとおぼしい。

私も定年になって早くも二年、これからは彼らのように、のびのびと楽しく生きてみたいものだと思う。

（『京都新聞』「こころの森」二〇一〇年一二月三一日）

［「空中庭園」に励まされて］

京都と私

　私は富山県高岡市に生まれ、昭和二十七（一九五二）年初め、小学校二年生のとき、京都に転居し、西陣の千本界隈に住んだ。当時は日本映画の全盛期であり、このあたりには日本映画の封切り館が林立していた。大家族だったわが家では、毎晩、誰かが映画を見に行き、私はいつもその後にくっついて行った。こうして数年の間に、チャンバラ映画から芸術映画まで、信じられないほど多くの映画を見た。テレビも普及していない時代だったから、夜の映画館には、娯楽を求める人々のリラックスした空気があふれており、子どもながら、その一種、猥雑（わいざつ）な雰囲気がとても心地よかった。

　この一方、日中は放課後になると、友だちといっしょに自転車に乗って、北野天満宮、白峯神宮、御所等々に遊びに出かけた。今は大人気の晴明神社も、当時は閑散としており、かっこうの遊び場だった。こうしてみると、子ども時代の私は、菅原道真も安倍晴明も崇徳上皇も応仁の乱も、詳しいことは何も知らなかったけれども、日中はいわれの深い聖なる場所で遊び戯れ、夜は映画館という俗なる場所で虚構の夢に浸っていたことになる。

以来、途中で二十年近く転勤して金沢に住んだ期間をのぞき、トータルで四十年ほど京都に住んでいるが、私の京都イメージは子ども時代から基本的にはまったく変わらない。すなわち、京都という町には、聖と俗、現実と虚構、歴史と現在が、まことに自然なかたちで重なり合い、混淆（こんこう）しているのだ。京都は新しいものも、奇抜なものも、まず古い土壌のなかに拒まず受け入れ、溶かしこんで濾過（ろか）する。その結果、箸にも棒にもかからない異物は、いつしか淘汰（とうた）されてゆくのである。古い歴史をもつ都の底力というべきであろう。もっとも、近頃は京都の底力をもってしても、自然淘汰しきれない異物もまま出没しており、底力を強力に作動させる人的な努力も必要になっているけれども。

私は中国文学を専攻しているが、長い歴史をもつ中国文学の流れも、古い都と似たところがある。さまざまな変化を受け入れて濾過し、本物の輝きをもつものだけが、古典として時を超えて受け継がれ、生きつづけてゆくのだ。私が中国文学に魅かれたのも、異種混淆の極みにあり、古いものこそ新しいということを、まざまざと実感させる古い都、京都の不思議な空気を吸って育ったことと、どこか深いところで繋がっているのかもしれない。

（『京都新聞』「京都創才」二〇一一年三月二七日）

平穏な暮らし積み重ねて

東日本大震災、福島原発事故と、まさに驚天動地の災禍があいついで起こり、なすすべもなく茫然とテレビを見る日がつづいた。とりわけ魔物のように押し寄せ、すべてをのみ込む大津波の凄じい破壊力を目の当たりにした時には、足もとが崩れるようなショックと恐怖をおぼえた。事はそれだけにとどまらず、大自然の脅威は原発の安全神話も一瞬にして突き崩し、今なお危険な状態がつづいている。

この大災害を通じて、一見、平穏な日々の暮らしがその実、地震にせよ原発にせよ、いつ牙をむくかわからない危険との、危うい、バランスの上にかろうじて成り立っていることを、つくづく思い知らされた。まったく「ひとごと」ではないのである。

科学技術に対する過信が招いた原発事故は論外としても、荒れ狂う自然災害の記録、あるいは記憶は、神話伝説の時代から枚挙にいとまがないほど見える。たとえば、中国の神話伝説時代に、堯（ぎょう）・舜（しゅん）・禹（う）という三人の聖天子が存在したとされる。

このうち、禹はうちつづく洪水による河川の氾濫をおさめたことで知られる。禹は治水工事に専念し、ついに大洪水の災禍をくいとめることに成功したが、この間、不眠不休で工事のために飛びまわり、十三年にわたって自宅の前を通っても、中に入らなかったという。「禹は寸陰を惜しむ（禹はちょっとの時間も惜しんだ）」である。

禹のような超人でも複雑化した現代の大災害にはお手上げであろうが、だからといって、いつ到来するか予測不能の災害を先取りし、おびえてばかりいるわけにもいかない。それでは「杞憂」、すなわち天が落ちてこないかと心配し、食事も睡眠もとれなくなった杞（春秋時代の国名）の人のようになってしまう。

と思って、ようやく気をとりなおし、やりかけのまま放置していた難しい仕事を再開する一方、ベランダに並べた鉢植えにせっせと水をやり、開花の時を迎えた花々や柔らかな新緑におおわれた木々を、うっとり眺めたりしている。あの大災害は、平穏な日常がその実、危ういバランスの上に成立していることを容赦なくあばいてみせた。これを肝に銘じながら、今、自分にできることをしっかり積み重ねてゆきたいと、思うことしきりである。

（『京都新聞』「ソフィア」二〇一一年五月二二日）

自然の脅威

九月は台風の季節であり、私が小学生だったころはよく暴風警報が出て、学校が休みになった。そんな日には雨戸を釘付けにする音があちこちで聞こえるなど、ものものしい雰囲気に包まれた。これは半世紀以上も昔のこと。昨今は気候も乱調なので、夏のさかりに大型台風がきて、災害をもたらすことも多い。

中国古典文学にも、突然、襲来する暴風雨を素材とした話が多々あるが、なかでも有名なのは、『三国志演義』（第二十一回）に見える話である。根拠地を失い曹操に身を寄せていた劉備は、あるとき、曹操に招かれてともに酒を飲んだ。四方山話をするうち、劉備は曹操に警戒されていることを察知して仰天し、思わず手に持っていた箸を落としてしまう。そのときちょうど、雷鳴がとどろき、大雨が降り出したので、劉備は「雷に驚き、このありさまです」と弁解し、臆病者を装ってその場をとりつくろい、曹操をゆだんさせたというものだ。

こうして頭のまわる曹操をみごと欺いたのだから、劉備も只者ではないが、この話には実は下敷きがある。『論語』（郷党篇）に、孔子は「迅雷風烈（じんらいふうれつ）には必ず変ず（突然の激しい雷や暴風には必ずハッとして居ずまいを正した)」とあるのが、これにあたる。めったなことで動揺しない孔子も、自然の変化には敏感に反応したのだから、劉備が仰天して箸を落としても、おかしくはないわけだ。

今を去ること二千五百年、かの孔子は自然の猛威に対し、このように委細かまわず反射的に身構えた。はるかに複雑化されたこの現代を生きる者は、ともすれば自然の脅威を忘れがちだが、「迅雷風烈」にあえば居ずまいを正すという、一種、敬虔にして身体的な自然感覚を失わないことが、何よりも大切だと思う。

(『神戸新聞』「随想」二〇一一年九月七日)

菊によせて

秋の花といえばまず菊である。旧暦九月九日の重陽の節句は菊の節句とも呼ばれ、昔の中国では、家族そろって小高い山や丘に登り、「菊酒」すなわち菊の花びらを浮かべた酒を飲む風習があった。ちなみに、今年の菊の節句は、新暦では十月五日、ちょうど菊の花が咲きはじめるころである。

菊は高潔の象徴でもあり、東晋の詩人の陶淵明は「飲酒二十首」其の五の第五句、第六句で、

菊を採る　東籬の下
悠然として南山を見る
（東の垣根で菊の花を折っていると、ふと目に入ったのは、悠然とそびえる南の山）

と、菊にことよせて、俗世と関わらない静かな隠遁生活の喜びを歌った。

陶淵明の高潔な悠々自適には及びもつかないが、私も二年余り前、定年になり自由の身となった。以来、目についた鉢植えの花木を次々に買い込んで、ベランダに並べ、その成長ぶりに一喜一憂するようになった。今や我が家のベランダには、多種多様の花木の鉢が入り乱れ、菊の大鉢もしっかり鎮座している。

これは昨年秋、無数の黄色い小菊を組み合わせ、整然として球形に仕立てた大鉢を見つけ、魅了されて買ってきたものである。次々に美しい花を咲かせた後、いったん枯れたように見えたが、今年の春、みごとに再生して、ぐんぐん茎や葉が伸び、目下またも無数の蕾をつけている。ただし、整然とした球形にはほど遠く、自然のまま伸び放題だが、元気溌剌として野趣にあふれている。

菊にかぎらず、かっこよく作り上げられた花木には自然にまかせると、仰天するほど成長するものが多い。そんな植物の生命力の強さを目の当たりにしていると、いつしかその元気に感応して気分爽快、楽しくなってくるのである。


（『神戸新聞』「随想」二〇一一年九月二八日）

水をめぐって

三月の東日本大震災の大津波、先ごろの台風による和歌山・奈良の水害と、今年は水による災禍がつづいた。テレビの画面を見ているだけでも、すべてを押し流す水の破壊力はまことに凄まじく、背筋が凍る思いがする。

はるか古代から人は突如、牙をむく水の破壊力と向き合い、戦いつづけてきた。中国の神話伝説の時代において、堯や舜とともに聖天子とされる禹は、大洪水で氾濫した河川の治水工事のために、十数年も不眠不休で尽力し、ついに治水に成功、この功績によって天子になったとされる。

こうして水は時として恐るべき破壊力をむきだしにする一方、生物にとって命の泉ともいうべき不可欠のものである。水がなければ、植物も動物も人も生きてゆくことはできない。鉢植えの植物は水をやらなければ、すぐしおれ枯れてしまうし、水分を摂取しなければ、人は脱水症状に陥り、たちまち生命の危機に襲われる。一昨年春、九十五歳で他界した私の母も、身体が弱ってきたときには、ともかく水分を補給することが最重要課題だった。

このように水は現実的・具体的に命の泉であるのみならず、人の思想や感覚をゆたかに揺り動か

す、想念の泉でもある。儒家思想の祖、孔子は流れゆく川の水をながめながら、

逝(ゆ)く者は斯(か)くの如きか、昼夜を舎(お)かず。

（すべて過ぎゆくものはこの川の水と同様、昼も夜も一刻も休むことがない）

といった（『論語』子罕篇）。いわゆる「川上(せんじょう)の嘆(たん)」だが、これは流れる水に時間の推移を重ね見て、感慨にふけった名言にほかならない。さまざまな要素をあわせもつ水の力に感嘆しながら、何はともあれ、まずは穏やかであってほしいと願うばかりだ。

（『神戸新聞』「随想」二〇一一年一〇月一二日）

生き物との共生

どういうわけか、私は生き物、とりわけ小動物の話が無性に好きだ。だから、被災地で健気に生きのびた犬の話とか、傷ついた野鳥が手当をしてくれた人をいつまでも忘れず、毎朝、訪れるとかいう話には、いたく感動してしまう。きっと子どものころから家に犬がおり、長らくともに暮らし

ためであろう。

最初の犬はオスのシェパードで、身体は大きかったが、おっとりと気がやさしく、ハーモニカに合わせて口をすぼめて歌うなど、音楽的センスがあった。高校二年のとき、この犬が他界すると、メスの柴犬が来た。この犬は小さかったが、目から鼻に抜けるほど賢く、カレーライス、コーヒー、カステラ、お汁粉が大好物だった。姉妹みたいだったこの柴犬は長生きし、十三年間ともに過ごした。ちなみに、名前は二匹ともコニーといい、今も忘れがたい存在である。

中国古典詩の世界において、犬は歌われないが、猫はまま登場する。なかでも南宋の詩人陸游は大の猫好きであり、二十首余りも猫の詩がある。たとえば、七言絶句「猫に贈る」の冒頭二句で、

塩を裹(つつ)みて迎え得たり　小さき狸奴(りど)
尽く護(まも)る　山房万巻(さんぼうばんかん)の書
（塩をお礼に包んで、小さな猫を迎え入れたところ、書斎をうずめる万巻の書をすべてネズミから守ってくれた）

と歌い、そんなに尽くしてくれる愛猫に、貧しくてご馳走も食べさせてやれないのが申し訳ないと、あふれんばかりの愛情をこめて呼びかけている。

私は今、マンション住まいなので、犬も猫も飼えないが、かわりに花木の鉢をずらりと並べ、植

物と共生する日々を過ごしている。植物は何も言わないけれど、その豊かな生命力を目の当たりにするたび、元気づけられるのである。

（『神戸新聞』「随想」二〇一一年一〇月二七日）

生きる証し

私はずっと母とともに暮らし、長らく料理もせずに過ごしてきた。母が八十代後半に入ってからは、徐々に役割交代して食事も作るようになったが、勤め帰りに出来合いのおかずを買ったり、簡単料理ですませたりする場合が多かった。

一昨年春、母が九十五歳で他界し、ほぼ同時に私も定年になった後は、連れあいと二人だけの分の食事を作ることになったが、あいかわらず基本的で簡単な料理しか思い浮かばない。さすがに飽きてきて、インターネットでレシピを検索しても、手順の複雑なものが多く、考えただけで頭が痛くなってしまう。

そんな時たまたま小説を読んでいて、うれしい発見があった。一冊は堀江敏幸著『なずな』、もう一冊は井上荒野著『キャベツ炒めに捧ぐ』である。

前者は独身の中年男性が弟夫婦の乳児を預かり、大奮闘する話なのだが、ここに育児疲れの主人公が、豪快にカレーピラフを作るくだりがある。また後者は、総菜屋で働くアラ還（還暦前後）の女性三人を主人公とする話だが、ここには彼女たちがかいがいしくキノコ類と牛コマの醤油炒めを作るくだりがある。いずれも読んだ瞬間から、簡単でいかにもおいしそうだと強く心をひかれ、さっそく真似をして作ってみた。予想にたがわず、両方ともたいへん美味であった。

これまで小説を読んで、料理を作ってみようと思ったことなど一度もなかった。二作とも今年刊行されたものだが、共通して自分で料理を作り、もりもり食べる主人公の姿に生命感覚があふれており、今さらのように食べることは生きる証しなのだと実感させられた。彼らのように、簡単にして美味な料理を作り食べて、ささやかな、しかし根本的な生の喜びを日々味わいたいものである。

（『神戸新聞』「随想」二〇一一年一一月一四日）

コタツ物語

私は古典的な「頭寒足熱」型であり、仕事部屋では厳寒の季節以外はほとんどエアコンを使わず、ずっと電気コタツを愛用してきた。夏場も机代わりに使うので、「座敷コタツ」なるものが出始めた一九七七年冬、〈縦横八〇センチ〉の大型の正方形コタツを購入した。この電気コタツはまれに見る「すぐれもの」で、最初の赴任地だった金沢で十八年、京都にもどってから十六年、つごう三十四年の間、四度にわたる引っ越しをものともせず、はたらきつづけてくれた。

この間、手書きからワープロ、さらにはパソコンへと、筆記方法は変わったけれども、すべての原稿をこのコタツ机の上で書いた。ところが、長い歳月をともにしてきた、この愛用のコタツが先ごろ突然動かなくなった。コードを変えたり、いろいろやってみたが、まったく効果なし。壊れたのである。

いくら愛着があっても、なにぶん年代物なので修理もできず、泣く泣く買い換える決心をした。しかし、知り合いの電器屋さんの話では、最近、電気コタツの需要が減っているらしく、大手の電器メーカーはほとんど製造していないとのこと。大型電気コタツがないと、仕事ができない私は大いに焦ったが、中小のメーカーにはあるというので、さっそく購入することにした。今度は〈縦八〇センチ横一二〇センチ〉の長方形である。となると、コタツ用の布団や下敷きも買い替えねばならず、これがまた品薄で大騒動してやっとそろえたのだった。

私の個人的趣味はともかく、実は電気コタツは省エネの最たるもので、節電に最適の暖房器具だと思われる。いつかまた電気コタツを買い換える日がきたとき、まったく手に入らないということがないよう、切に祈るばかりだ。

（『神戸新聞』「随想」二〇一一年一一月三〇日）

季節の推移によせて

もう十二月。二十四節気の大雪（今年は十二月七日）も過ぎ、今年も残りわずかになったと思うと、にわかに慌ただしい気分になる。とはいえ、温暖化のせいか最近は紅葉も遅くなり、十二月上旬まで見頃がつづくことが多く、家の近くの「哲学の道」にも、紅葉見物の人々が押し寄せ、ついこの間までにぎわっていた。

実は、わが家にも鉢植えながらモミジが二本ある。一本は鳥が種でも落としたのか、ほかの鉢の土からたまたま自然に生えてきたものである。以来十六年、今や堂々たる枝ぶりの樹木となり、毎年、燃えるように紅葉する。一昨年春、九十五歳で他界した母は、このモミジをとても大事にし、身体の具合がわるいときも水やりを欠かさなかった。このモミジは今年も美しく紅葉し、喜ぶ母の姿が目に浮かぶようだと、しみじみした気持ちになった。

紅葉を歌った名詩といえば、まず晩唐の詩人杜牧の七言絶句「山行」があげられる。

遠く寒山に上れば　石径斜めなり

白雲生ずる処　人家有り
車を停(とど)めて坐(そぞ)ろに愛す　楓林(ふうりん)の晩(くれ)
霜葉(そうよう)は二月の花よりも紅(くれない)なり

ことに「霜にあって色づいた葉は、二月の花よりも紅い」という結句がすばらしく、極めつきの名句として知られる。なお、春の盛り旧暦二月に咲く花の代表は桃である。

今年は、三月十一日に東日本大震災、つづいて原発事故が発生するなど、恐怖と不安におおわれた年であった。近頃はテレビニュースの最中、突然「緊急地震速報」が入って、ギョッとすることも多く、不穏な気配がおさまらない。春は桜、秋は美しい紅葉を楽しみながら、ゆったりした気分で季節の推移を実感する平穏な日々が、いつまでもつづくようにと願うばかりである。

（『神戸新聞』「随想」二〇一一年一二月一五日）

蕎麦の話

蕎麦といえば、まず思い浮かべるのは、大晦日に食べる年越し蕎麦である。

私の住む京都では、年越しはにしん蕎麦が主流であり、私もずっと食べてきた。最近はパック入りのにしん蕎麦も出まわり、なかにはとても美味しいものもある。

大晦日には、私も棒だらを煮たり、野菜の煮つけをするなど、簡単ながら自己流のおせちを作るので、その合間に、この簡便なにしん蕎麦を食べるのが恒例になっている。

このにしんは薄味が多い京都の食べ物にしてはめずらしく、まったりと甘く濃厚に煮つけられており、これを噛みしめながら蕎麦をすすっていると、いよいよ今年も過ぎてゆくという、越年気分が高まってくる。

私は昭和五十一（一九七六）年、金沢大学に赴任したが、当時、金沢大学は金沢城址にあり、食堂も急傾斜の石段を登ったところにあった。この食堂でもっとも好きだったのは、蕎麦ならぬラーメンだった。

このラーメンは完全な和風であり、薄い醤油味に赤い渦巻の蒲鉾の薄切りが浮かんでいた。赤い渦巻の蒲鉾（「はべん」という）は北陸独特のもので、高岡で過ごした子ども時代によく食べた。郷愁をおぼえつつ、いつも美味しく食べていたが、やがてバターラーメンや豚骨ラーメンが幅をきかせるようになり、赤蒲鉾入りの和風ラーメンはいつしか姿を消してしまった。

金沢で十九年過ごし、一九九五年、京都にもどったが、長い金沢暮らしの間、実はにしん蕎麦には一度もお目にかかったことはなかった。蕎麦にもご当地物があるのだろうか。京都にもどって、まっさきに食べたのは、食べたいと念願しつづけたにしん蕎麦だった。

それはさておき、中国でも蕎麦は古くから栽培され、食べられてきた。南宋の詩人陸游（りくゆう）に「蕎麦初めて熟（みの）りて、刈る者野に満ち、喜びて作る有り」と題する長い詩があり、その冒頭の四句にこう歌われている。

城南城北　雪を鋪（し）くが如し
原野　家家　蕎麦を種（う）う
霜晴れて収斂（しゅうれん）し　家に在るもの少なし
餅餌（へいじ）　今冬　窄（とぼ）しきを憂えず
（町の四方は雪を敷いたように白い。野原でどこの家も蕎麦を植えているのだ。霜が降りた後の晴れた日に収穫にとりかかり、家に残っている者は少ない。これで今年の冬は餅餌［小麦粉を練って円盤状にしたもの。焼いたり蒸したりして食べる］が不足しても大丈夫だ）

どこの家でも野原で蕎麦を栽培しているために、蕎麦の白い花が一面、雪のように咲く風景から歌いだし、人々が総出で蕎麦を刈り取るさまを見ながら、こうして蕎麦の備蓄があれば、小麦粉食品が乏しくても冬が越せると、詩人は安堵するのである。

こうしてみると、やせた土地でも収穫できる蕎麦は、保存食として珍重されたようだが、どう調理して食べたかはよくわからない。ただ、私は今を去ること三十数年、文化大革命の終わった直後、中国に行ったとき、北方の太原（山西省）で蕎麦を食べたことがある。これは日本の長く打った蕎麦とそっくりであり、ゆでた蕎麦を汁につけて食べるものだった。太原で蕎麦に出会うとはと、大感激したことであった。

このほか、蕎麦ではなくて小麦粉の麺だとおぼしいが、中国では誕生日に麺（寿麺（ショウミエン）という）を食べる風習があり、十八世紀中頃の清代に書かれた大長篇小説『紅楼夢』にも描写がある。おそらく長い麺に長生の祈りをこめた風習であろう。

中国にせよ日本にせよ、蕎麦や麺には古来、さまざまな用いられ方や意味があり、その奥の深さに驚かされる。

（『新そば』142、二〇一二年二月）

復活、変身に必要な時間

今年は寒さがきびしく梅や桜の開花も遅めだったが、先月末から次々に春の花が咲いた。わが家のベランダも今や春まっさかり、フサアカシアも枝いっぱいに黄色い花を咲かせている。

このフサアカシアは去年の春、急に枯れそうになったので、連れ合いが鉢から抜いてみたところ、根切り虫にやられ、ひげ根がほとんどない状態だった。そこで、根の部分を洗い、土を入れ替え、鉢も取り替えた。かくして一年、みごとに復活し花咲いたのである。

実は、この木は三年ほど前に買ってから、一度も花芽がつかず、枯れかけて復活した今春はじめて花開いた。復活すると同時に華麗に変身したのだ。植物の底力に驚くほかない。

人もこうありたいものだが、見違えるように変身した人物として有名なのは、三国時代、呉の孫権配下の名将呂蒙（りょもう）（一七八〜二一九）である。呂蒙は「呉下（ごか）の阿蒙（あもう）（呉のおばかさん）」と呼ばれるほど、勉強嫌いだったが、やがて一念発起して読書に励み、後年、文武両道の名司令官となった。ちなみに、彼の成長ぶりに驚いた先輩の魯粛（ろしゅく）は「復た呉下の阿蒙に非（あら）ず」と称賛し、この言葉は後世、見違えるように変身した者を形容する成句となる。

おそらく呂蒙は大器晩成型だったのだろうが、大器晩成という言葉のもとになったのは、後漢王朝の始祖光武帝の名臣馬援（ばえん）の故事である。馬援は若い頃、身の立て方に迷い、転々とした人物だが、彼の兄は「おまえは大器晩成だ。好きにやれ」と励ましたという。かくして長らく流転と転身を繰り返したあげく、最後に光武帝とめぐりあい、思いきり力を発揮することができたのだった。

馬援は傑出した軍事的才能の持ち主であり、老いてなお血気さかん、六十歳を超えてもなお出陣を希望し、光武帝は「矍鑠たるかな、是の翁は」と笑ったとされる。大器晩成型は持ちもいいのかもしれない。

近頃は、何でも評価優先で、性急に結果を出すことが求められる。促成栽培である。しかし、時間をかけて復活し変身したフサアカシアや呂蒙、迷いながら流転を繰り返して自分の居場所を発見し、老齢まで活躍しつづけた大器晩成の馬援の例を見ても、何事かを成し遂げるには、長い時間とプロセスが必要なのはいうまでもない。性急に成果を求めることなく、地道な日々を積み重ねる持続性を大切にしたいものだ。

（『京都新聞』「ソフィア」二〇一二年四月一五日）

花木を買う

つらつら考えてみるに、莫大なお金とはおよそ縁がないが、金運はそうわるい方ではなく、学生のころから小遣いには不自由しなかった。大学に入学したのはもう半世紀も昔の話だが、当時のアルバイトといえば家庭教師だった。私は京都育ちで地元の大学に入ったので、知り合いも多く、入学したとたん、そのつてでずいぶん割のいい家庭教師を紹介してもらった。生徒さんは私立中学一年の女の子、週二回（一回二時間）で一か月一万円だった。当時の物価は現在の十分の一くらいだろうから、破格の値段である。この生徒さんとは気も合い、けっきょく彼女が高校を卒業して大学に入学するまで六年間、私自身は一回生から修士課程を修了するまで、家庭教師をつづけた。この間、自宅通学だったので生活費はいらず、このアルバイト収入はすべて小遣いとして使い、本も買いたいだけ買った。思えば、あのころが、もっとも優雅な気分を満喫していたような気がする。

その後、高校や大学の非常勤講師をしながら博士課程を終えて三十歳のときに就職、京都で二年間、助手をしてから、金沢大学で十九年、京都の国際日本文化研究センターで十四年、つごう三十五年間勤め、二〇〇九年三月、定年退職した。最初から再就職はせず、自由な生活を送りたいと思っていたが、定年から一か月もたたないうちに、ずっといっしょに暮らしてきた母が九十五歳で他界した。定年に加え母までいなくなり、環境が激変したため、しばらくは呆然とするばかりだった。年金は予想していたよりずっと少なかったが、幸い連れ合いがまだ現役で勤めており、当面の生活設計に頭を悩ませずにすむ。そうなると、時間がたつにつれ、母の不在がますます痛切に感じられるようになった。

そんなとき、家のすぐ近所に若い女性の営む植木屋さんがあり、通りかかるたびに立ち寄るようになった。それまではほとんど植物に関心がなかったのに、この植木屋さんでしみじみ木々や花々を見ていると、何とも愛らしく、心がなごみ楽しい気分になった。

以来、春夏秋冬、おりおりに心惹かれる花木の鉢を買い求め、自転車のうしろに乗せて、喜び勇んで持ち帰るのが習いとなった。目につくたびに買うので、増えに増え、今や大小とりまぜて二百鉢近くにもなってしまった。マンション暮らしながら、ベランダはけっこう広いのだが、さすがにもう置き場がなくなってきた。しかし、春は種々の梅、桜、桃、牡丹、夏はネムノキ、ムクゲ、秋は菊、萩、冬は千両のような紅い実のなる木々と、ベランダには四季おりおり、百種類以上の花木が美しい花を咲かせ、つややかな葉を茂らせており、見ているだけで生命の何たるかを実感させられ、幸せな気分になる。

また、中国古典詩に出てくる花木についても、今までは見たことがないものも多かったが、たまたま実物と出会い、イメージがはっきりすることもよくある。たとえば海棠。金の詩人元好問（一一九〇～一二五七）の「児輩と同に未だ開かざる海棠を賦す」という七言絶句があり、

枝間の新緑　一重重
小蕾　深く蔵す　数点の紅
芳心を愛惜す　軽しく吐く莫かれ
且く桃李をして春風に鬧がしめよ

（枝の間には新緑が重なりあい、小さな蕾が奥深く隠れ、ちらほら紅い色が見える。美しい花を大切に思うからこそ、軽々しく咲かないでおくれ。しばらく桃や李に春風の中で騒々しく咲きほこらせておけばいい）

と歌う。この海棠を見つけ、さっそく買い求めたところ、この詩のとおり深紅色の蕾が得もいわれず可憐で、感動した。

それはさておき、海棠も含め、これらの花木のほとんどは数百円から数千円で買ったものであり、そんなに高価なものではない。もちろん植え替えや毎日の水やりは欠かすことはできず、手間もかかる。しかし、時がたてば、すくすくと成長し、美しく健やかな姿を見せてくれる。こうして花木と共生し、一喜一憂している間に、いつしか三年の歳月がたち、母の不在からくる深い喪失感も癒され、母が花木とともに遍在しているような気がしてきた。もしかしたら、こうして花木の鉢でベランダの空間を満たすことによって、私は喪失感を埋めようとしたのかも知れない。考えてみれば、なにぶん数が多いので、花木に費やしたお金はそれでもトータルにすれば、相当な額になる。しかし、これほど実りの大きなお金の使い方は、今までしたことがなかったように思う。

もっとも、花木のほうはこのように実りゆたかなのだが、機器類はそうはゆかない。

昨年春、今の住まいに移ってから十年たったころから、電子レンジ、エアコン、掃除機、洗濯機、電気コタツなどの電気器具が、次々に劣化し壊れだした。このうち、電気コタツは三十年以上も使い、ほとんどの原稿をこの上で書いてきたので、深い愛着があった。だが、ある日プツンと切れてしまい、泣きの涙で買い替えた。さらに追い打ちをかけるように、ずいぶん値の張るガス給湯器も壊れてしまった。なるほど日々平穏とはいかず、爆発的な不時の出費もあり、シニアたるものは心すべきだと実感したことであった。

定年後の暮らしも三年余り、ややマニアックに買い集めた花木収集も一段落した。

これからは少しゆったり落ち着いて、木々や花々の変化や成長を楽しみながら、暮らしたいものである。

（『文藝春秋』SPECIAL 季刊冬号「泣いて笑った私のお金」二〇一二年一二月）

梅の花は武骨な枝に咲く

二月の花といえば梅である。私は梅が好きなので、わが家にも鉢植えながら紅梅、白梅、雲龍梅、しだれ梅など、種々の梅がある。このうちには、寒中からチラホラ咲きはじめたものもあり、眺めていると、春近しという気分になり、うれしくなった。

中国では古来、梅は気品のある花だとされ、好まれつづけてきた。梅を歌った詩も多いが、なかでも北宋初期の詩人林逋（りんぽ）（九六七〜一〇二八）は、梅を題材として艶麗な詩を作り、梅の詩人として名高い。

林逋は風光明媚な杭州の西湖のほとりで、梅に囲まれて風雅な隠遁生活を送った。彼は病身のため、生涯、独身だったが、梅を妻に見立て、また鶴を子どもに、小鹿を召し使いに見立てたとされる。林逋が不在のときに来客があると、子ども役の鶴が大空を飛んで知らせに行き、召し使い役の小鹿が首にお金を入れた籠をぶらさげて、来客をもてなすお酒を買いに行ったというから、何とも牧歌的な話である。

林逋が梅を好んだのは、梅の花の清楚にしてあでやかな風情に魅了されたためだが、実のところ、梅の花はまことに可憐だけれども、これとはうらはらに、幹や枝はゴツゴツとして頑健そのものだ。わが家の白梅や紅梅も、買ったときは盆栽風に仕立てられ、幹は太いが、丈は三十センチそこそこ、枝も十センチほどしかなかった。それが、二年ほどの間にぐんぐん成長し、四方八方に張り出した枝の長さは今や一メートルを超えるほど。その毅然たるたくましさには、まったく想像を絶するものがある。

昔の中国には梅と同様、なよやかな外見とは対照的に、気丈で芯の強い女性が数多い。たとえば、政情不安の時代、東晋の大政治家謝安（しゃあん）（三二〇〜三八五）の妻、劉夫人がそうだ。彼女は謝安のもとに下卑た客が来たとき、「亡くなった兄のところにあんな客は来たことがありません」（『世説新語』）と言ってのけ、謝安を恥じ入らせたという。彼女の兄は当時きっての風格ある名士であり、人物鑑定の名手として有名だった。ちなみに、謝安の姪謝道蘊もまた、詩も上手なら気迫も満点の才媛であり、後世の女性の憧憬の的となった。

現代社会は不安定であり、女性もたくましくなければ危機を乗り越えられないと、武骨な枝に咲く楚々たる梅の花に見とれながら、思うことしきりである。

（『京都新聞』「ソフィア」二〇一三年二月二四日）

五山の送り火――母と一緒の気持ちで見守る

小学校二年の頃に富山県から京都に移り、両親に連れられ、船岡山や将軍塚に登って送り火を見ました。闇夜がパッと明るくなる。異界をのぞき見るようで神秘的。一番好きな年中行事ですね。九十五歳で亡くなった母と一緒に暮らした今の住まいは、ベランダが大文字山の真正面。読経が聞こえて灯がともり、三十分あまりの時間を静かに過ごします。今、孤独感や悲しいという気持ちは不思議とありません。はるかな遠いつながりを感じるのです。

中国の清朝中期、女性詩人の廖雲錦（りょううんきん）に亡くした義理の母を歌った「姑（しゅうとめ）を哭（こく）す」という七言絶句があります。

寒を禁じ暖を惜しむこと　十余春
往事　回頭すれば　倍（ます）ます神（しん）を愴（いた）ましむ
幾度　楼に登り　親しく膳を視（み）ん
幃幕（いばく）を掲げ開くも　已（すで）に人無し

（寒くないよう暖かくすることにつとめて、十余年。昔を振り返ると、ますます心が痛む。何度、二階に上がり、この手でお給仕したことだろうか。垂れ幕を持ち上げ開いてみても、もうお姿はない）

こんな漢詩を思い浮かべながら、今年も母と一緒にいる気持ちで送り火を見守ることでしょう。

（『読売新聞』夕刊「謎解き京都／五山の送り火始まりは」二〇一三年七月一八日）

桑田変じて海となる

例年のことながら、お盆も過ぎたのに、暑い日がつづいている。わが家に並べた植木鉢群も、百日紅（さるすべり）の赤い花、ムクゲやネムの白い花が咲いているくらいで、少々さびしい光景である。そのなかで、元気溌剌としているのは高野槇、ヒバ、ウィルマなど常緑の木々だ。いずれも購入後、大鉢に植え替えたものだが、三年が経過した今年、目を見張るほど成長した。まさに石の上にも三年。空気や土や水になじみ、成長に加速度がついたと見える。

樹木はいったん勢いがつくと、長い歳月、繁茂しつづけるが、人の世は栄枯盛衰が激しく、めまぐるしく移り変わる。つい先日、所用があって北関東のある町に出かけたところ、地方都市の多くがそうであるように、かつて栄えたとおぼしい商店街がすっかりさびれ、ほとんどの店がシャッターを下ろしていた。この情景を見たとき、「桑田変じて海となる（桑畑がいつしか変化して海になる）」とは、このことだとつくづく実感した。

この成句は仙人の伝記を集めた『神仙伝』（晋・葛洪）に由来する言葉である。長い爪で有名な女仙の麻姑が五百年ぶりに会った友人の仙人に対し、「この前お会いしてから、東海が桑田に変わり、また海になったのを三度も見ました」と言ったというものだ。これをもとに、栄華の移ろいやすさを嘆く成句として流布し、唐の詩人劉廷芝（劉希夷。六五一？〜六七八？）の七言古詩「白頭を悲しむ翁に代わる」にも、

已に見る　松柏の摧けて薪と為るを
更に聞く　桑田の変じて海と成るを

という形で、歌い込まれている。ちなみに、この詩は、「年年歳歳　花相似たり、歳歳年年　人同じからず」の名句で名高い。

それはさておき、私の住む界隈にも、かつて大きな市場を中心ににぎわう地域があった。しかし、市場が姿を消すとともに、一軒また一軒と店を閉じ、いつしかほとんどの店がなくなってしまった。ところが、ここ数年、その跡に、若い人々が営むユニークな店がポツポツできはじめた。ふつうに

は入手しがたい珍しい成木や苗木々を並べた小さな植木屋さん、目の前であつあつのごはんを握ってくれるおにぎり屋さん等々である。

「桑田変じて海となる」こともあれば、「海変じて桑田となる」こともある。創意と工夫によって土地の活力をよみがえらせ、あらたに楽しい町が誕生することを願うばかり。

（『京都新聞』「ソフィア」二〇一三年八月一八日）

中国人は花をどのように愛でたか――漢詩に歌われた花々

中国の人々ははるか古代から花を愛でつづけてきた。とはいえ、菊、梅、牡丹などのいわゆる名花が栽培され、鑑賞されるようになるのは、もう少し時代が下ってからである。

菊を歌う詩として名高いのは、東晋の陶淵明の「飲酒二十首」其の五である。ここで陶淵明は「菊を采る　東籬の下、悠然として南山を見る」と歌い、以来、菊は隠遁生活の象徴と目されるようになる。また、旧暦九月九日の重陽の節句に、菊の花びらを酒に浮かべて飲む「菊酒」の風習が流布するにつれ、菊は身近な花ともなった。

梅も高貴な花として古くから愛されたが、ことに注目されるようになったのは、北宋初めの詩人林逋（りんぽ）以来とおぼしい。杭州の西湖のほとりに隠棲した林逋は梅マニアであり、清楚にして艶やかな梅の魅力を存分に歌いあげた詩を数多く作った。

　こうして菊や梅が主として静かな隠遁生活と結びついた形で称揚されるのに対して、華麗な牡丹はより盛大なセレモニーと結びつく。牡丹が盛んに栽培されるようになったのは、八世紀初めの唐代以降だが、北宋以降も牡丹熱は盛んになる一方だった。たとえば、北宋の詩人蘇東坡は七言絶句「吉祥寺にて牡丹を賞す」で、牡丹の名所である杭州の吉祥寺における牡丹見物の賑わいを、弾んだ調子で歌っている。

　菊、梅、牡丹以外に、海棠、芍薬（しゃくやく）、蘭等々も好まれ、それぞれの花の鑑賞の仕方や栽培方法を記した「花譜」も枚挙に暇がないほど著された。こうした花々は個人の庭園のほか、寺院、花園等々で栽培され、時の経過とともに、花の名所にどっと見物に繰り出すようになる。まさに古来、中国人は花によって季節を知り、生の喜びを実感してきたのである。

　実は、私もわが家のベランダに菊、梅、牡丹、海棠、芍薬はむろんのこと、多くの鉢植えを並べ、花々によって季節のめぐりを楽しみ、生命感覚を新たにする日々を送っている。

（『人と自然』六、二〇一三年一〇月号）

花木とともに生きる日々――身近になった漢詩の世界

私はマンション住まいなのだが、幸いベランダが広めなので、植木鉢を所狭しと並べ、木々や花々に囲まれて暮らしている。もともとそれほど植物に関心はなかったのだが、数年前からとみに心ひかれるようになった。そのきっかけになったのは、今からほぼ五年前の二〇〇九年四月、ずっといっしょに暮らしてきた母が九十五歳で他界したことだった。その一か月前、私は定年退職したばかりで、あれやこれやと変化が重なり、心にぽっかり穴があいたような、喪失感にとらわれた。そんなとき、花屋や植木屋の店先に並んだ植木鉢の花木にふと目をひかれ、しみじみ眺めていると、心がなごみ、穏やかな気持ちになった。

以来数年、鉢植えの花木を次々に買い求めるうち百鉢を超え、ベランダは春夏秋冬、さまざまな花の咲く別天地となった。こうして鉢植えの花木とともに過ごすうち、漢詩に歌われる花木も、より具体的なイメージをもってとらえられるようになった。

早春、他の花々に先駆けて咲くのは梅である。梅は、北宋初めの隠遁詩人林逋が妻に見立てるほど、愛してやまなかった花だが、寒風にさらされながら、けなげに清楚な花を咲かせるさまを目の当たりにすると、林逋の偏愛が実感できるような気になる。

　春のさかり、桜と同じころに、枝いっぱいに紅い花を咲かせる海棠は、金の詩人元好問が、「枝間の新緑　一重重、小蕾　深く蔵す　数点の紅」（「児輩と同に未だ開かざる海棠を賦す」）と歌い、いたく好んだ花である。蕾も花も美しい海棠に見惚れていると、元好問がこの可憐にして華やかな花を称えた思いの深さが、伝わってくる。

　晩春に絢爛と咲く牡丹は、北宋の詩人蘇東坡がことに好んだ花であり、杭州の吉祥寺における牡丹の祭典を歌った七言絶句「吉祥寺にて牡丹を賞す」のように、祝祭気分にあふれた楽しい詩もある。ちなみに牡丹は晩秋に芽をつけ、長い冬を耐え忍んで、時満ちると、一気にその芽から茎、葉、蕾が伸びて豪奢な開花に至る過程が、何ともドラマチックであり、激しい浮沈をくりかえした蘇東坡の生の軌跡を彷彿とさせる。

　さらに、夏に咲く花では、南宋の詩人楊万里が七言絶句「道旁の店」で、「青瓷の瓶に挿す　紫薇の花」と、路傍の茶店にさりげなく活けられた紫薇の花（百日紅）を歌っているし、秋の花の筆頭は菊だが、菊といえば陶淵明だ。「飲酒二十首」其の五に見える「菊を采る　東籬の下、悠然として南山を見る」の二句は、菊の詩の原点ともいうべき名句にほかならず、香り高い菊の花を見るとき、いつもこの句を思い浮かべる。

　おりおりに目についた花木を買い集め、並べているうちに、こうして、ああこの花はあの詩に歌われていた花だと思いあたることも多い。花木と共生しつつ、漢詩の世界も身近になるなど、快い驚きと喜びに浸る日々のなかで、今は喪失感も静かに癒されている。

（『全漢詩連会報』43、二〇一四年一月）

花の変化、人の変身

夏の終わりに豪雨に見舞われるなど、このところ不穏な気候がつづく。そのせいもあってか、わが家のベランダに並べた植木鉢群のうち、雲龍梅という枝が屈曲した白梅の木が急に枯れそうになった。原因不明なので、ともかく連れ合いが鉢の土を入れ換えたところ、やがて復活し、新しい枝がビュンビュン伸びはじめた。しかし、枝は以前のように屈曲せず、まっすぐになってしまった。元気でさえあれば、それでいいのだが、これで白梅変じて紅梅になったら、まさに突然変異だと思う。

色が変わるといえば、私は紫陽花が好きで、何鉢も並べているが、今年の初夏、青の紫陽花がなぜかすべてピンクもしくは紅色に変わってしまった。家の紫陽花だけでなく、街のそこここに植えられている青い紫陽花にも、今年はピンク系に変色したものが多かった。これも気候の変化によるものかと思うと、不安になった。そこで、何としても青い紫陽花が見たいと思い、知り合いの花屋さんに頼んで探してもらい、見事な大輪の青い紫陽花を手に入れることができ、ようやく安堵したのだった。

こうして植物は時の流れや気候の変化に対して、敏感に反応あるいは適応して変わってゆくけれども、人がもっとも大きく変わるのは、人生の区切りともいうべき定年を迎えた時ではなかろうか。つい先日、長らくともに仕事をし、去年、定年になった編集者の某氏と会う機会があったが、見違えるほど顔色がよくなっており、驚いた。聞けば、住まいのある東京近郊の合唱団に入り、毎週、発声から本格的に練習をするので、心身ともに爽快になったとのこと。それにしても見事な変身ぶりである。そういえば、五年余り前、九十五歳で他界した母も、晩年、昔おぼえた清元をまた歌うようになってから、みるみる明るく元気になった。

大きな声で歌うと、発散して爽やかな気分になれるかも知れないと思いつつ、私自身は定年になってからここ五年余り、もろもろの仕事が重なり、机の前に長時間、座る日々がつづき、歌う余力もないありさま。目が疲れているので、好きなミステリーも読めず、せいぜいテレビのサスペンス・ドラマを見て、気分転換するくらいだ。もう少ししてゆとりができたら、家の植木鉢群をじっくり眺め、たまには朗らかに歌ったりしながら、陶淵明のように、ゆったりした気分で、定年後の暮らしを楽しみたいと願うばかり。

（『京都新聞』「ソフィア」二〇一四年九月一九日）

魔王たちと「空中庭園」

私の住まいは京都の東、昨今は外国人観光客で大賑わいの哲学の道や銀閣寺の近くにある。マンションなのだが、最上階（五階）の端なので、幸いベランダが広く、そこに百数十鉢の花木がひしめきあっている。こんな状態になったのは、二〇〇九年三月、定年退職し、それから一か月もたたないうちに、母が九十五歳で他界したのがきっかけだった。生活環境が激変したために、呆然とするうち、若い女性がやっている小さな植木屋をのぞくようになり、目についた花木の鉢を買っては、せっせと自転車に載せて持ち帰るようになった。

さしたる方針もないまま、ただ四季おりおり花が咲くようにしたいと思い、花の咲かない常緑樹や多年生の草花も織りまぜながら、主として花の咲く木を集めていった。かくして九年。梅、桜、花海棠、椿、牡丹、松、ナギ、高野槇等々、いろいろな種類の花木が集まり、みるみる成長した。なかには、苗木だったのに、巨木になる資質があるのか、あっというまに数メートルの高さになったものもあり、その生命力の強さに驚嘆した。

私は以前、花木に関心がなく、見ても何の木か、ほとんどわからなかった。しかし、花木とともに暮らすようになってから、町歩きしながら、ふと木に目をとめ、反射的に名称が思い浮かぶことも多くなり、世界が広がったようで豊かな気分になった。こんな気分を味わえたのも、手作り「空中庭園」の花木たちのおかげというほかない。

こうして花木と共生し、そのけなげで強靭な姿を目にして私も励まされ、定年後の日々を、マイペースで元気に過ごす暮らしかたが身についたころ、今からほぼ五年前の二〇一三年の夏、講談社から『水滸伝』全訳のお話をいただいた。実は、長年の懸案だった、魏晋の貴族のエピソード集『世説新語』（全五冊）の全訳が刊行される直前であり、また、これまで書いた歴史上の人物の評伝をまとめた『中国人物伝』（全四冊）の刊行も予定されていたおりから、『水滸伝』のようなとびきりの大長篇小説を最後まで訳せるかどうか、不安もあった。しかし、『水滸伝』の面白さには特筆すべきものがあり、訳してみたいという気持ちがつよく、さまざまな懸念やためらいを振り払い、思い切ってとりかかった。

以来、約三年半、ほとんど毎日、夢中で『水滸伝』と向き合い、今度は百八人の梁山泊の好漢たちと共生しながら、訳しつづけた。かくして、四百字詰めにして約七千三百枚の膨大な訳稿が完成し、講談社学術文庫から全五巻で刊行される運びとなった。しかし、なにぶん分量が多く、次々に出て来る校正刷も凄まじい量にのぼった。持続力抜群の編集者や校正の方々に支えられながら、校正に没頭することほぼ一年、最初にお話があったときから四年余り後の昨年（二〇一七年）九月、第一巻が刊行され、今年の一月まで毎月刊行された。『水滸伝』に明け暮れた四年余りの間、翻訳中に考えあぐねたときや、校正に疲れて頭がモヤモヤしたときには、ベランダに出て風に吹かれ、花木に声をかけながら、手作り「空中庭園」を見てまわるのが、何よりの気分転換になった。こうしてスッキリすると、また強烈な水滸伝世界にもどって行く元気が湧いて来るのだった。こんな具合に気分転換しながら、比較的短い期間に集中して、白話（話し言葉）による大長篇小説『水滸伝』を訳了できたのは、『水滸伝』に読む者を引きつけてやまない稀有の魅力、面白さがあるためだ。

『水滸伝』の物語世界は北宋末の混乱した時代に、地底に封じ込められていた百八人の魔王が解き放たれて天空に飛び散り、やがて次々に地上世界に出現するところから開幕する。魔王から転生した百八人の好漢は反逆の砦たる梁山泊に集まり、固い信義に結ばれた軍団を結成して、「替天行道（天に替わって道を行う）」をモットーに、悪なる権力に敢然と立ち向かい、胸のすくような大活躍をする。しかし、リーダーの宋江の主導によりやがて招安（朝廷に帰順すること）され、官軍として遼征伐、方臘征伐に出撃し、激戦のあげく勝利したものの、戦死者が続出し、ついに壊滅のやむなきに至る。『水滸伝』には、この梁山泊軍団の興隆期から悲劇的結末までの軌跡が、ダイナミックに描き尽くされている。

このような物語展開の迫力に加え、『水滸伝』世界の魅力は、好漢の各人各様の姿を、躍動的な筆致で描きあげているところにある。ちなみに、百八人の好漢たちはさまざまなタイプに分けられるが、その主要なものとしてまず第一に、剛勇無双の勇者があげられる。天衣無縫の「花和尚」魯智深、阿修羅のごとく戦う「行者」武松や「豹子頭」林冲、黒い魔神のような「黒旋風」李逵などがその代表的存在に当たる。

このうち、魯智深は一風変わった存在である。途方もない大酒飲みで、深酔いして破天荒な大暴れをするが、その実、非常にピュアーな聖性の持ち主だったのだ。ほかの好漢たちの多くが自らと深く関わる局面で犯罪者の烙印を押され、表社会から逸脱するのとは異なり、魯智深は、たまたま出会った縁もゆかりもない流しの娘芸人が、悪辣な男のために苦境に陥っているのを見かねて、その男を痛めつけ勢い余って殴り殺してしまう。まさに「義を見て為さざるは勇無き也」（『論語』為政第二）を地でゆく展開である。

こうして凶状持ちになった魯智深はやがて五台山で出家するが、あいかわらず泥酔のあげく大暴れを繰り返して、寺じゅうの鼻つまみ者になる。しかし、寺の長老は一見、凶暴な彼のなかに潜む聖性を見ぬき、その後、流転を繰り返して梁山泊軍団の主要メンバーとなり、激戦をくぐりぬけて、安らかな大往生を遂げ、悠然と昇天するその未来を予言した。魯智深はまさに聖者のような荒くれ武者なのだ。

好漢の注目すべきタイプとして次にあげられるのは、特殊技能を持つ者たちである。高度な魔術を駆使する「入雲龍」公孫勝、情報伝達に威力を発揮する快足の「神行太保」戴宗、多芸で粋な色男の「浪子」燕青、コソ泥上りで忍びの名人の「鼓上蚤」時遷などがこれに当たる。

なかでも、燕青はすこぶるユニークな存在である。孤児だった彼は北宋の大都市北京大名府で、その後、梁山泊軍団のナンバーツーになった遊侠世界の大物、「玉麒麟」盧俊義の庇護のもとに成長した。白い肌に華麗な刺青を施した燕青は、歌舞音曲をはじめ何でもござれの芸達者であり、また弩（いしゆみ）や相撲の名手でもあった。この文武両道の色男は、後年、北宋の皇帝徽宗（きそう）の思い者である妓女の李師師（りしし）に巧みに接近し、宋江の主導する招安路線の裏方として、めざましい活躍をする。こうした燕青のキャラクターは、都市文化が発達した北宋ならではのものであり、白話長篇歴史小説『三国志演義』等々には見られないものだ。燕青こそ中国白話小説に登場する近世都市型人物の魁といえよう。

総じて『水滸伝』は男の世界であり、男同士の信頼関係が最重視される。そもそも梁山泊軍団の好漢百八人のうち、リーダーの宋江をはじめ主要なメンバーのほとんどは、対象としての女性に基本的に興味も関心もない。こうした異様に潔癖な女性観に覆われた『水滸伝』世界に登場する女性像は両極端に分かれる。すなわち、欲望過多の悪女と激しい気性と武勇をもつ女将である。悪女のほうはいずれも邪悪の塊であり、どう贔屓めに見ても共感のしようがないが、女将のほうには男の世界に一瞬、風穴をあける颯爽感がある。

ちなみに、梁山泊軍団には、「一丈青」扈三娘（こさんじょう）、「母夜叉」孫二娘（そんじじょう）、「母大虫」顧大嫂（こだいそう）の三人の女将が存在する。このうち、楚々たる美少女で武勇抜群の扈三娘は梁山泊軍団と敵対する土着豪族の娘であり、梁山泊軍団の猛者を向こうに回して奮戦したが、けっきょく生け捕りにされ、宋江の計らいで好漢には珍しく好色漢の王矮虎と結婚する。以後、彼女は梁山泊軍団になくてはならないメンバーとなって、華麗な戦いを繰り広げる。元好色漢の夫が結婚後、うって変わって身持ち正しくなったことはいうまでもない。

扈三娘が典型的な「戦闘美少女」であるのに対し、残る二人の女将は頑健な体つきの威嚇的な年増である。ことに顧大嫂は度胸満点、変装して敵中に乗り込み活路を開くなど、これまたまことに魅力的なキャラクターといえる。

魯智深、燕青、三人の女将をはじめ、愛すべき好漢と共生しながら翻訳しつづけた疾風怒濤の日々が過ぎた今、ベランダの花木を眺めていると、魔王となって天に帰った彼らはふたたび転生して、この小さな「空中庭園」の花木になっているのかも知れないと、つい妄想にふけったりするのである。

(『群像』二〇一八年七月号)

［付］

わが家の家計簿体験談（井波テル）

私の家計簿歴は今月まで正味六年と十ヶ月、もはや小学校を卒って中学生になっているわけです。家計簿は有難いものです。これを記録するようになってから、気持ちもきちんとしまり心よい毎日を送ることができるようになりました。今日では家計簿に関して一般にひろく知られ重要な主婦の仕事となって、私の知る限りでもこの二、三年の間に、家計簿礼賛者が滅法ふえたことは喜ばしいことと思います。これで物価高に悩まされる家計も随分と助っていると思います。私自身も家計簿の効用を充分に活用しつくしている一人だと自信をもって云うことができます。毎日の記録を月末に費目の仕訳をするときは、とくに入念に研究もしどこに無駄があったか、あれば改めないといけないとか、仔細に点検して、次月の予算編成に織り込みます。しかし節約、切りつめと云っても一家の和合了解が一番大事です。私は腹の中でちゃんと予算の割り振りをすませて、家族に同意を求める訳ですが、何と云っても家計を円滑に推進するには家族の諒解と協力が絶対の基本条件だと思います。私方は主人は余りかれこれ云はない性ですし、娘は学業とアルバイトに追われて総てはあなた任せです。さて回顧的になりますが苦しかったのは所得倍増政策がはじまってからのことです。娘は当時まだ高校生で大学入試のため今日ほどではありませんが学費はやはりそれなりに嵩みますし、収入は少ないが物価は連騰でした。しかしいつも僅かなその定収の範囲で生活は別に苦しまずにやってきました。それは予算内でやるという腹がすでにきまっていたからだろうと思われます。而し主人はかなりの年配ですので、将来のためボーナスだけは全然手をつけないで行こうと固く心に誓い、遂に今日まで完全に実行致しております。この運用は一切主人がやって居りますが、今では多少まとまった額になっているようです。

物価高との悪闘はそれからずっと続いていますが、老夫婦と成年になった娘一人の小家庭では、波風もなく楽しく暮らしております。たとえ内容は貧弱で粗悪でも予算生活を実行するかぎり生活苦とか生活難とかの言葉がはいる余地はありません。困ったときいつも私を励まし私に無言の指示を与えてくれたのは家計簿でした。また家計簿があったればこそ青果物や魚介の出廻り最盛期を知り、値の安い時すきなおいしいものをうんと喰べ、また貯蔵の利くものはその特売のときまとめて買っておく、だがいくら安くても必要以外のものには目もかけない。衣服の料はその晩期に翌年用を買う、値段は大抵半値ていどです。話は別ですが、わが家にとって最大の喜びは会社が主人にいつまでも顧問として止まってくれという心からの懇望です。それは二、三年前から業界が不況におそわれたのですが、主人はその対応策を先手先手と打ち出してその提案がことごとく採用され、しかも好結果を得たのです。同業者中にはかなりの倒産があったようですが、そんなことで主人に対する周囲の見方もいちじるしく変ったようです。かような訳で定年とか退職とかの心配はまだ当分ありません。娘は来春はいよいよ大学卒業です。而しどうしても大学院へ行きたいと申しますので、その要望は受け入れることにしました。但し文学部の大学院入試は来春二月、本人は自信をもっているようですが、私は心配です。だが落ちたら落ちたでまたその時に考えればいい、もともと大学入学以来ずっと学費は自分で弁じてきたことでもありますし。

次に私も大分年がこたえて参りました。今夏からは老眼鏡なしでは新聞が読めませんし、白髪が目につくようになりました。それで惜しい財源ながら手内職は六月から止めました。

その時の家族会議で定めたことですが、健康保全何より大事、もし病気になった場合のことを考えれば、転ばぬ先きの杖とやら、栄養のため費用はあまりけちけちしないこと、それから我が家ではこの十年あまりも一回のレジャーを楽しんだことがない。「行楽地は連休で史上空前の人出」などとよく新聞の見出しを見るがせめて、これから家族の誕生日だけは自宅で小宴を催そう。その当人の希望にもとづいたご馳走重点で行くこと、料亭やレストランと違って相当の豪華版でやろうということに定まった。前々からのことであるが、どうしてもわが家のエンゲル係数が高すぎる。

昨年は三八・四％であったが、今年は四〇・六％と上昇した。しかし私は健康のためだから五〇

%になってもいいと思っている。

ともかく私は家計簿をつけるのが今日では楽しくてならないのでこれを表題に書いた次第である。

家計簿こそは我が家の羅針盤であり、私らの進む道を示してくれることは間違いない。

短い記帳期間の体験から云って、僭越を許していただけるなら次ぎのように云いたい。

「家計も貯蓄も結局は信念の問題である。そしてその基本は家計簿記入からはじまる」と。


（編者注）『第十二回　わが家の家計簿体験談（京都府入選作品）』（京都府貯蓄推進委員会、一九六六年三月五日発行）に掲載。「地方佳作」に選ばれた。

井波律子

1944—2020年。富山県生まれ。1972年京都大学大学院文学研究科博士課程修了。金沢大学教授をへて、国際日本文化研究センター教授（のち名誉教授）。専門は中国文学。著書に『中国人の機智』『中国的レトリックの伝統』『中国のグロテスク・リアリズム』『読切り三国志』『三国志演義』『酒池肉林』『破壊の女神』『奇人と異才の中国史』『トリックスター群像』『論語入門』『中国人物伝（全4巻）』など多数。〈世説新語〉〈三国志演義〉〈水滸伝〉〈論語〉の個人全訳でも知られる。また身辺雑記を含むエッセイ集として、『中国文学の愉しき世界』『一陽来復』などがある。

井波陵一

1953年福岡県生まれ。1978年京都大学大学院文学研究科修士課程修了。1981年井波律子と結婚。京都大学人文科学研究所教授をへて、京都大学名誉教授。専門は中国文学。著書に『知の座標』『紅楼夢と王国維』ほか。訳書に『宋元戯曲考』『新訳 紅楼夢（全7冊）』（読売文学賞受賞）がある。

「中国文学逍遥」(全3冊) 総目次

時を乗せて　折々の記　中国文学逍遥1

Ⅰ　金沢にて 一九七六〜一九九五／Ⅱ　京都を活動拠点に 一九九五〜二〇〇九／Ⅲ　花木と親しむ日々 二〇〇九〜／付　わが家の家計簿体験談（井波テル）

汲めど尽きせぬ古典の魅力　中国文学逍遥2

Ⅰ　神話 ユートピア 異界／Ⅱ　漢詩の世界 表現のダイナミズム／Ⅲ　中国の人と文化 点描／Ⅳ　白話小説の物語世界／Ⅴ　近代中国の文学観——翻訳を手がかりに／別章　幸田露伴と中国文学

楽しく漢詩文を学ぼう　中国文学逍遥3

序　インタビューにこたえて／Ⅰ　〈ライブ感覚〉の中国文学案内——高校の生徒さんと先生方へ／Ⅱ　本をめぐる風景／Ⅲ　私の「書いたもの」から——自著を語る／別章　表現者＝中野重治をめぐって

定価　各2530円（税込）

時を乗せて　折々の記　中国文学逍遥１

2023年９月24日　初版第1刷発行

著　者　井波 律子（いなみ りつこ）
編　者　井波 陵一（いなみ りょういち）
発行者　浜田 和子
発行所　株式会社 本の泉社

〒112-0005 東京都文京区水道2-10-9 板倉ビル2F
電話03(5810)1581　FAX03(5810)1582
http://www.honnoizumi.co.jp

印刷／製本　株式会社ティーケー出版印刷
ＤＴＰ　河岡 隆（株式会社 西崎印刷）

ISBN978-4-7807-2248-2　C0095